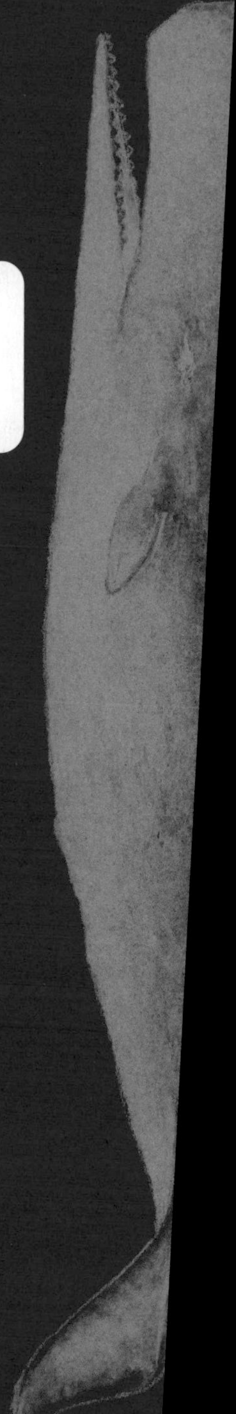

사악한 책,
모비 딕

사악한 책, 모비 딕

WHY READ MOBY-DICK?

너새니얼 필브릭 지음 • 홍한별 옮김

교유서가

WHY READ MOBY-DICK?

차례

일러두기

1 이 책은 Nathaniel Philbrick, *Why Read Moby-Dick?*(Penguin Books, 2013)을 번역한 『사악한 책, 모비딕』(저녁의책, 2017)을 재출간한 것이다.

2 외국 인명, 지명 등은 국립국어원 외래어 표기법을 따랐으나 예외를 두어 원래의 발음에 가깝게 표기한 경우도 있다.

3 원서의 강조 부분은 볼드체로 표시했으며, 각주는 모두 옮긴이 주다.

멜리사에게

1

이 세기의 복음서

1850년 12월 16일 이른 오후, 허먼 멜빌은 시계를 봤다. 멜빌은 오늘 우리가 『모비 딕』이라고 알고 있는 소설을 쓰는 중이었다. 수천 년, 아니 수백만 년 동안 고래들이 분수공에서 뿜어 올린 물안개로 태평양 수면 위의 대기를 뒤덮어왔다는 대목을 막 쓰던 참이었다. "심해의 정원에 물을 뿌려 혼미한 세상을 만든다." 그때 멜빌은 고래가 내뿜는 분수에 대한 글을 쓴 정확한 시각을 기록하기로 한다. "서기 1850년 12월 16일 오후 1시 15분 15초."

이듬해 11월에 마침내 『모비 딕』이 출간되었을 때 이 대목의 날짜는 1850년에서 1851년으로 바뀌었다. 하지만 그건 중요한 게 아니고, 「분수」라는 제목의 이 짧은 장(135장까지 이어질 소설의 85장)에서 멜빌이 어떤 도발적인 행동을 했다는 점이 중요하다. 허구의 커튼을 걷어 젖히고 글을 쓰고 있는 자신의 모습을 뜬금없이 밀어넣은 것이다.

나는 지금까지 『모비 딕』을 최소 여남은 번은 읽었는데 12월의 어떤 날과 특정 시간을 언급한 이 부분이 읽을 때마다 가장 좋다. 이 문장을 읽을 때면 마치 내가 미국 최고의 소설을 써내려가는 멜빌의 곁에 있는 것 같은 기분이다.

1850년 12월, 멜빌은 갓 서른한 살이 된 젊은이였다. 몇 달 전에 그는 뉴욕시에서 매사추세츠 서쪽 버크셔즈로 가족과 함께 이사했다. 멜빌이 새로이 문학적 우상으로 삼은 너새니얼 호손이 버크셔즈에 머물고 있었기 때문이다. 멜빌에게는 맬컴이라는 아들이 있었고, 이듬해 10월에는 아내 엘리자베스가 둘째 아들 스탠윅스를 낳았다.

4년 전에 발표한, 남태평양에서 직접 겪은 모험을 담은 소설 『타이피 Typee』가 베스트셀러가 되면서 멜빌은 작가로서 이력을 화려하게 시작했다. 그러나 멜빌은 성공이 아무것도 보장해주지 않으며 오히려 과거의 수준에 맞추기 위해 앞으로 자신이 끝없이 버둥거려야 한다는 사실을 곧 알게 되었다. 뒤에 나온 책들이 하나같이 『타이피』의 판매량에 미치지 못한데다가 경제적 부담은 점점 커져서(과부가 된 어머니와 누이들이 멜빌의 집에 얹혀살 때가 많았다), 멜빌은 슬슬 앞날을 걱정하게 되었다. "돈이 나를 저주하네요." 멜빌은 호손에게 이렇게 속을 털어놓았다. “제가 비록 이 세기의 복음서를 쓰긴 했지만, 저는 시궁창에서 죽을 겁니다.”

멜빌은 장인과 집안 친구에게 빌린 돈으로 농가를 사서 보수하여 살았다. 농가 2층에 있는 집필실 창문으로 가까이에 있는 그레이록산이 보였다. 그해 겨울에 내린 눈이 주위 들판을 담요처럼 덮자 멜빌은 “일종의 바다 느낌”에 빠질 수 있었다. 하지만 외다리 선장과 흰 고래 추적에 대한 책을 에이해브처럼 점점 폭주하는 광기 속에서 쓰고 있자니 늘 곁에 있는 바다 느낌이 편안함은커녕 고통만 주었다. “내 방이 배의 선실 같아.” 멜빌은 작가 친구에게 이런 편지를 썼다. “밤에 깨어 바람이 울부짖는 소리를 듣다보면 돛을 너무 많이 올린 것 같아서 지붕에 올라가 굴뚝에 삭구를 매야겠다는 생각이 들어.”

매일 아침마다 책상에 앉아 멜빌은 자기 이야기에 말 그대로 잡아먹혔다. 때로는 밥도 안 먹고 오후 네시가 넘을 때까지 일했다. 마침내 너무 지쳐 작업을 중단할 수밖에 없게 되면 자기 말로 “최면에 빠진 듯한 상태”가 되어 식구들 사이에 앉아 무기력하게 저녁 시간을 보냈다. 멜빌은 태평양에서 자기가 직접 경험한 것만 가지고 글을 쓰지 않았다. 고래잡이와 태평양에 관련된 학술 논문들과 기록들을 몰입하여 읽었다. 무엇보다도 최근에 셰익스피어, 밀턴, 베르길리우스 등을 닥치는 대로 읽어 이 작가들의 목소리가 신문이나 잡지에서 읽은 것만큼이나 머릿속에 생생하고 손닿을 듯 가까이 있었다.

1850년에 미국은 폭 5000킬로미터에 달하는 북미 대륙 전체를 가로질러 서부로 뻗어나가는 중이었다. 철로가 내륙을 연결하여 고딕 건축물의 장식 무늬처럼 온 나라를 엮으면서 쉴새없이 연기를 토해내며 움직였다. 증기선이 전에는 접근하지 못하던 강을 거슬러올라갔다. 1848년 멕시코 전쟁에서 승리하며 대륙 양안에 걸친 국가라는 미래가 확정되었다. 1848년 초 캘리포니아에서 금이 발견되었다는 소식이 동부 해안에 전해지자 수도 없이 많은 사람들이 금을 찾으러 몰려와 그 미래를 확고한 사실로 만들었다.

그렇지만 이 거대 국가에는 문제가 숨어 있었다. 당시 미국의 서른 개 주를 지탱하는 이데올로기의 중심에서 어떤 거짓말이 곪아 썩어가고 있었다. 미국의 시조들이 모두에게 자유를 약속했으나, 미국의 남쪽 절반은 아프리카 출신 노예에게 경제적으로 의존하는 상태였다. 독립 선언서 조인 이래로 죽 이 문제가 미국의 심장을 갉아먹어왔고, 이 문제를 수십 년 동안 외면하고 회피해왔으나 이제는 국가가 위기로 치닫고 있음을 부인할 수 없게 되었다. 게다가 1850년 미국 어디에서건 탈주 노예가 발각되면 반드시 상부에 인계하도록 강제하는 도망노예법이 통과되자, 이제 노예제는 더이상 남부만의 문제가 아니었다. 노예제 찬성 주와 반대 주를 가르는 메이슨 · 딕슨 선 위쪽에 있건 아래쪽에 있건 미국인은 누구나 법적으로 노예제도에 구속을 받게 되었다. 수십 년 동안 잠재해 있던 적대감이 더는 억제되지 못하자 필연적으로 끔찍한 폭력이 터져나왔다. 온갖 눈부신 성공을 거두어온 미국이지만 대격변을 피할 수 없었다.

1850년에 미국 작가라면, 생겨난 지 얼마 되지 않아 아직 자리잡지 못한 불확실한 문학 전통에 속한다고 말할 수 있다. 미국 문학의 선조 격인 워싱턴 어빙과 제임스 페니모어 쿠퍼는 이제 말년에 접어들었고, 당대에 가장 영향력 있는 문인은 시인 윌리엄 컬런 브라이언트였는데, 뉴욕시의 주요 신문 편집자라는 지위 덕이 컸다. 1849년 죽음을 맞기 전에 에드거 앨런 포는 오늘날에는 잊힌 남부 소설가 윌리엄 길모어 심스가 "단연코 미국 최고의 소설가"라고 선언했다. 한편 시인 헨리 워즈워스 롱펠로가 미국에서 가장 인기 있고 몸값이 높은 작가로 성장하고 있기도 했다.

그렇지만 미국에서는 찰스 디킨스나 에드워드 불워 리턴(오늘날에는 "어둡고 비바람 치는 밤이었다"•라는 불멸의 문

• 에드워드 불워 리턴(Edward Bulwer-Lytton, 1803~1873)이 쓴 소설 『폴 클리퍼드*Paul Clifford*』(1830)의 첫 문장으로, 진부한 문장의 대표적 사례로 여겨져 종종 패러디된다.

장으로 시작하는 소설을 쓴 작가로 기억된다) 같은 영국 작가들이 가장 널리 읽혔다. 쿠퍼와 어빙은 글을 써서 그럭저럭 먹고살 수 있었지만(가끔 힘들 때도 있었다) 그들은 아주 예외적인 경우였다. 유명한 수필가이자 시인인 랠프 월도 에머슨은 입에 풀칠하기 위해 강연 수입에 의존했고, 너새니얼 호손도, 그해 3월에 출간된 『주홍 글자』가 날개 돋친 듯 팔리고 있었지만 바로 얼마 전까지만 해도 매사추세츠 세일럼에서 세관 직원으로 일했었다. 멜빌이 소설, 그것도 고래잡이에 대한 소설에서 나온 수익으로 식구들을 부양하겠다는 생각으로 매사추세츠 서쪽 황무지에 있는 집을 산 것은 피쿼드호 선장의 야심 못지않게 대담하고 전망이 암울한 시도였던 것이다.

'지금' '이곳'에 대해 시공을 초월한 글을 쓰려면 작가는 현재에 간접적으로 접근해야 한다. 서사에 1차적으로 눈에 들어오는 것 이상이 담겨 있어야 한다. 셰익스피어의 역사극은 역사 속의 이야기를 발판으로 삼아 당대의 세밀한 초상을 그려냈다. 거리를 둔 역사적 플롯과 엘리자베스시대 영국에 대한 셰익스피어의 놀라울 정도로 독창적인 통찰 사이의 미묘한 틈새 때문에 셰익스피어의 작품이 오늘날 우리에게도 호소력이 있는 것이다. 셰익스피어를 읽으며 우리는 어느 시대에건 살아간다는 것이 어떤 것인지를 알게 된다. 마찬가지로 『모비 딕』도 태평양으로 고래를 잡으러 떠난 항해에 대한 소설이자 또한 남북전쟁을 향해 광분하듯 치닫는 미국, 그리고 그 이상을 말하는 소설이다. 『모비 딕』의 책장에 담겨 있는 것은 다름 아닌 미국의 유전자 코드다. 1775년 독립 혁명 그리고 1861년 남북전쟁 발발로 이어졌고 오늘날에도 끝없는 논란 속에서 미국을 미래로 이끌어가는 약속, 문제, 갈등, 이상이 모두 여기 담겼다. 그래서 『모비 딕』은 새로운 위기가 닥쳐올 때마다 새로이 중대한 의미를 띠게 된다. 후대에 2차 대전이 발발했을 때는 에이해브를 히틀러로 읽었고, 2010년에는 이윤에 눈이 멀어 점점 깊은 해저를 굴착하는 정유회사로, 2011년에는 권력욕에 사로잡힌 중동의 독재자로 읽게 되었다.

얄궂은 일은 1851년 가을 『모비 딕』이 처음 출간되었을 때 거의 아무도, 아마도 이 소설을 헌정받은 작가 너새니얼 호손과 호손의 아내 소피아 정도를 빼고는 아무도 『모비 딕』에 주목하지 않았다는 사실이다. 1891년 멜빌이 세상을 떴을 때 『모비 딕』은 다 합해서 3715부 팔렸다. (비교하자면 『타이피』는 1만 6320부가 팔렸다.) 캐나다와 영국에서 몇몇 독자가 뒤늦게 보낸 찬사가 말 그대로 찬양의 물결로 불어난 것은, 1차대전 종전 뒤였다. 여전히 비판하는 사람들도 있긴 했지만(조지프 콘래드는 낭만주의적으로 과장된 산문이라고 비웃었다), 20세기 전반에 이 기이한 책을 접한 작가들 대다수는 멜빌이 창작 과정의 터무니없이 변덕스러운 충동을 맘껏 즐기면서도 과거 세계를 정확히 그려냈다는 것에 충격을 받고 심대한 영향을 받았다. 19세기 소설의 전통적 관습을 따르기를 고집스레 거부하는 『모비 딕』에는 1차대전 이후 많은 작가들이 표현하고 싶어했던 실험적인 패기가 있었다.

한 작가가 말하기를, 1920년대 파리에 거주하는 미국인들 사이에서 『모비 딕』은 "문학에 대해 얼마나 진정성이 있는지를 확인하는 미묘한 검증 장치" 같은 것이 되었다고 한다. 윌리엄 포크너는 나중에 미시시피주 옥스퍼드의 자기 집 거실에 록웰 켄트의 판화 〈에이해브 선장〉을 액자에 넣어 걸어놓기도 했고 1927년에는 다른 작가의 책 가운데 이게 내 책이었으면, 하는 생각이 드는 단 하나의 작품이 『모비 딕』이라고 말했다. 1949년, 경쟁심 강한 작가 어니스트 헤밍웨이는 자신의 출판업자 찰스 스크리브너에게 말년이 다가오자 넘어서고 싶은 작가들이 이제 몇 안 남았는데 그중 한 명이 허먼 멜빌이라고 했다.

1951년 『모비 딕』 출간 100주년 행사가 전 세계에서 열렸을 즈음에는 멜빌의 걸작이 문학적 충격을 넘어서 대중문화의 일부로 자리잡았다. 존 스타인벡은 미국 소설 중에서 가장 내륙적인 소설 『분노의 포도』를 쓴 작가지만 왕년의 포경항인 롱아일랜드 새그항 근처에서 살았고, 1960년대에는 포경꾼 축제의 명예회장을 맡았는데 이 축제에는 "모바일Mobile 딕"이라는 이름의 프로펠러로 움직이는 흰 고래가 등장했다. 『모비 딕』은 연극, 영화, 오페라, 만화, 텔레비전 미니시리즈, 심지어 팝업북으로도 나왔다. 『모비 딕』을 한 글자도 안 읽은 사람도 에이해브와 흰 고래 이야기는 다 안다.

『모비 딕』을 모르는 사람은 없지만, 이 책은 『허클베리 핀의 모험』이나 『위대한 개츠비』 등 미국의 고전으로 간주되는 많지 않은 소설들 가운데서 가장 덜 읽히는 책이기도 하다. 일단 너무 길고 곁가지가 돌아버리게 많아서, 안 그래도 잠이 부족한 청소년들이 특히나 디지털 기기에 주의를 뺏기기 쉬운 이 시대에 이 소설을 제대로 감상하기는 힘들 것이다. 내가 펜실베이니아 피츠버그에서 고등학교 3학년이던 1974년에 이 책을 처음 손에 들었을 때도, 당연히 지루해 죽을 것 같은 책이리라고 예상했다. 그런데 단 세 단어로 된 첫 문장—"내 이름을 이슈메일이라고 해두자Call me Ishmael"—을 읽는 순간 나는 낚여버렸다.

하지만 내가 『모비 딕』에 첫눈에 푹 빠져버린 데에는 나만의 이유가 있었다. 첫 장에서 이슈메일이 일요일 오후 뉴욕의 모습을 묘사하는데, 도시에 갇힌 사람들이 바닷가에서 얼쩡거리며 "잡을 수 없는 삶의 환영"을 찾는 듯 갈망하는 눈으로 바다를 바라보고 있다. 이 장면이 도시 소년이면서 어울리지 않게 항해에 대한 열정을 키워온 나를 직접적으로, 거의 압도적으로 자극했다. 하지만 반 친구들 대부분은 나처럼 열광하지 않았는데 지금 생각해보면 당연한 일이었던 것 같다.

그렇지만 이 소설은, 모든 위대한 예술작품이 그렇듯이 내 안에서 점점 자라난다. 손에 땀을 쥐게 하는 책은 아닐지라도 미국 역사와 문화 그리고 서양 문학의 본질이 담겨 있는 책이다. 어떤 문학작품보다도 풍부한 뉘앙스가 담긴 어조로 쓰였다. 속을 털어놓듯, 농담을 하듯, 그러다가 또 웅변조로, 터져나오는 달변으로 쏟아져 성층권까지 치솟으면서도, 땅에 단단히 뿌리를 내리고 있다. 어찌나 백과사전적이고 세밀한지 외계인이 이 책을 토대로 19세기 중반 지구에 존재했던 포경업을 재구성해낼 수 있을 정도다.

이 책이 출간된 지 150년이 넘어 이제 우리가 외계인이나 다름없어졌다. 우리가 지구를 하도 탕진하다보니 지구의 생물상生物相이 완전히 달라졌고 우리는 멜빌이 알던 지구와 전혀 다른 별에 살게 되었다. 그렇지만 우리 세계가 달라지면 달라질수록 이 소설이 오히려 점점 더 와닿는 느낌이다. 숱한 문학작품이 시간이 흐르며 버려졌듯이 『모비 딕』도 잊힌다면, 우리는 미국의 성서라고 불릴 자격이 있는 단 한 권의 책을 읽게 되는 것이다. 어둠 속에서 길을 찾으려 애쓰는 개인으로서, 헌법에 명시된 이상에 도달하려 애쓰는 국가의 시민으로서, 우리에게는 이전 어느 때보다도 『모비 딕』이 절실히 필요하다.

나는 반드시 축약되지 않은 전체 텍스트를 읽어야 한다고 주장하는 순수주의자는 아니다. 『모비 딕』은 긴 책이고 시간은 늘 부족하다. 한 문장이라도, 한 구절이라도 좋다. 중요한 것은, 이 소설에 어느 정도 시간을 할애하고, 읽으면서 소리에 귀를 기울이고, 뭔가 긴박하고 긴요한 할말이 있어 불쑥불쑥 등장하는 유령들처럼, 책을 쓰는 동안 멜빌의 몸을 타고 흘렀던 다양한 목소리에 이입해 글을 느끼는 것이다.

앞으로 내가 쓸 글은 '왜 『모비 딕』을 읽나?'라는 질문에 대한 나만의 대답이다. 나에게는 『모비 딕』의 성지인 낸터킷섬의 주민으로서, 이 소설의 결말에 영감을 준 실제 해양 재난에 대한 책을 쓴 저자로서 나만의 편견과 관점이 있다. 또 어쩌면 나의 부모님이 멜빌의 뮤즈 역할을 했던 작가 너새니얼 호손의 이름을 따서 내 이름을 지었기 때문인지는 모르지만, 나는 이 책 자체만큼이나 이 책이 쓰이기까지 일어난 일들에도 관심이 많다. 또 책이 출간된 뒤에도 몇 달, 몇 년 동안 이 책이 멜빌의 머릿속을 떠나지 않고 그를 괴롭혔던 것에도 흥미를 느낀다. 그리고 나는 무엇보다도 여러분이—그렇다, 바로 여러분이—처음으로건 아니면 열두번째건, 『모비딕』을 읽게 만드는 데 관심이 있다.

2

광막함

1841년 1월 허먼 멜빌은 매사추세츠 페어헤이븐에서 어커시넷호를 타고 출항했다. 페어헤이븐은 뉴베드퍼드 포경항과 강 하나를 사이에 두고 있는 항구다. 멜빌의 아버지는 사람 좋지만 능력은 별로 없는 상인이었는데 멜빌이 열두 살일 때 세상을 뜨며 식구들을 굴욕적인 가난으로 몰아넣었다. 그뒤 여덟 해 동안 멜빌은 법률사무소 사환, 교사 등의 일자리를 거쳐 아직 황무지였던 일리노이와 미주리에서 한몫을 잡아보려고도 했으나 이도 저도 다 실패였다. 공황으로 경제가 악화되고 일자리를 구할 수 없자 멜빌은 소설의 화자 이슈메일이 『모비 딕』의 서두에서 결심한 일을 했다. 바다로 간 것이다.

어커시넷이 출항하고 곧 멜빌은 에식스호 이야기를 듣게

된다. 에식스호는 20여 년 전에 갈라파고스군도에서 서쪽으로 한참 떨어진 바다에서 성난 향유고래한테 공격을 받아 침몰한 낸터킷 포경선이었다. 어커시넷은 페어헤이븐 출항 일곱 달 뒤에 남태평양에서 에식스호가 침몰한 바로 그 위도에 다다르고 있었다. 그때 망꾼이 다른 포경선을 보았다. 낸터킷에서 출항한 리마라는 배였다. 포경선이 바다에서 만나는 일을 '갬gam'이라고 하는데, 어커시넷과 리마의 선원들도 '갬'을 하는 동안 서로 어울려 이야기를 나누었다. 멜빌은 이때 에식스호의 일등 항해사이자 에식스호 재앙을 글로 남긴 오언 체이스의 아들을 만났다.

체이스의 아들이 멜빌에게 아버지의 책 한 부를 빌려주었다. 그날 밤 멜빌은 25미터나 되는 수컷 향유고래가 에식스호의 뱃머리를 들이받아 박살내버려, 선원 스무 명이 8미터짜리 보트 세 대로 탈출한 이야기를 읽었다. 탈출한 선원들은 어디로 갈지 의논을 했다. 바람의 방향을 생각하면 돛을 올리고 서쪽에 있는 섬들로 가는 게 답이었다. 가장 가까운 곳이 마르키즈제도였다. 그러나 체이스와 다른 선원들 모두 이 섬들에 식인종이 산다는 소문을 들은 터였다. 바람을 거슬러야 했고 5000킬로미터나 떨어져 있었지만, 그래도 남아메리카 서쪽 해안에 있는 문명화된 항구로 가는 게 낫겠다고 결정을 내렸다.

석 달 뒤, 단 다섯 명의 생존자가 햇볕에 그을리고 따개비가 잔뜩 달라붙은 보트 두 대에서 구조되었다. 그들은 야만인이 있을지 모르는 섬으로는 가지 않겠다던 때와 전혀 다른 사람들이 되어 있었다. 자기들이 가장 두려워하던 존재가 된 것이다. 생존자 두 명의 손에서 발견된 사람 뼈가 확실히 입증하듯 이들 자신이 식인종이었다. 멜빌은 나중에 이렇게 썼다. "광막한 바다에 대한 이 놀라운 이야기를 읽은 것, 그들이 조난당한 바로 그 지점 가까이에 있었던 일 등이 나에게 신기한 영향을 미쳤다."

거의 1년쯤 지난 뒤에 멜빌은 에식스호 선원들이 등을 돌렸던 그 섬을 처음으로 보았다. 1842년 6월 23일 어커시넷호가 마르키즈제도의 한 섬인 누쿠 히바에 닻을 내렸다. 멜빌과 선원들이 녹색 봉우리들의 장엄한 광경을 넋을 잃고 보고 있는데 원주민 여자들이 헤엄쳐 와서 배를 둘러쌌다. 멜빌이 나중에 쓴, 틀림없이 허구가 가미되었을 모험담에 따르면 이 아름다운 젊은 여자들이 포경선 갑판 위로 숱하게 올라와서 천 쪼가리 같은 것을 얻으려고 몸을 내주었다고 한다. 멜빌은 곧 오언 체이스를 비롯한 에식스호 선원들과 반대로 행동하겠다고 결심했다. 지난 19개월 동안 자기 집이었던 배를 버리고 '식인종'이라는 이들과 같이 살 작정이었다.

그로부터 아홉 해 뒤에 멜빌은 『모비 딕』을 출간했다. 이 소설 서두에서 주인공 이슈메일은 퀴퀘그라는, 온몸이 문신으로 뒤덮인 식인종과 한 침대를 쓰게 되자 처음에는 공포에 휩싸인다. 곧 이슈메일은 문명과 야만 사이의 인위적 구분은 의미가 없음을 깨닫는데, 이 부분에 멜빌의 삶을 완전히 바꾸어버린 마르키즈에서의 경험이 애교 있고 코믹하게 응축되어 있다. "내가 왠 호들갑을 떤 걸까 하는 생각이 들었다. 이 사람은 나와 다를 바 없는 인간이다. 내가 이 사람을 겁내는 만큼 이 사람도 내가 겁나지 않겠나. 술 취한 기독교도보다는 정신 멀쩡한 식인종과 같이 자는 편이 낫지." 이 충격적인 식견은 1851년에는 혁명적이었고 150년도 더 지난 오늘날 우리에게도 경이로울 정도로 신선하게 들린다. 이른바 세계화라는 것 덕에 낯선 문화를 거의 날마다 접하는 지금도 말이다.

그러나 멜빌은 에식스호의 교훈을 웃어넘길 수 없었다. 우스개처럼 시작했지만 『모비 딕』은 금세 암울하고 비통한 형이상학 세계 속으로 파고든다. 드넓고 광막한 바다 위를 조그만 보트를 타고 떠돈 에식스호 선원들의 도덕적 고립감이 피쿼드호의 숙명적인 항해의 기저에도 흐른다. 「바람 부는 방향의 해안」이라는 장에서 이슈메일이 벌킹턴이라는 선원 이야기를 하는데, 벌킹턴은 "육지에 있으면 발이 타기라도 하는 듯" 포경선 항해를 마치고 돌아오자마자 바로 다시 바다로 나가는 선원이다. 무시무시하도록 광활한 바다 한가운데에 있을 때만 이 사람은 자기 존재의 궁극적 진실을 마주할 수 있다. “심오하고 진지한 생각은 바다의 무한한 독립성을 지키려는 영혼의 담대한 노력일 뿐이다. (…) 오직 육지가 보이지 않는 망망대해에만 신처럼 무한하고 가없는 지고의 진리가 있다. (…) 엄청난 것에 대한 공포! 이 모든 시련이 헛되단 말인가?” 멜빌에게는, 그리고 누구든 사고하는 인간에게는, 이 질문이 뜻 없는 수사적 질문만은 아닐 것이다.

3

무법자 철학

자기를 이슈메일이라고 부르라는 이 사람, 『모비 딕』의 화자는 대체 누구인가? 일단 우울을 아는 사람이다. "내 영혼에 축축하고 비가 부슬부슬 내리는 11월이 있다." 그렇지만 진정한 열정이 있는 사람이기도 하다. 『호밀밭의 파수꾼』의 홀든 콜필드처럼, 의외로 매력적이고, 현명한 척하지만 유약한 인물이다. 이슈메일은 함께 포경선을 타고 바다로 나아가 우울감을 떨쳐버리자며 우리를 부른다.

이슈메일은 관광객이 아니다. 일반 선원이므로 모험의 대가로 돈을 받는다. 이슈메일은 생각에 잠겨 이렇게 말한다. "돈을 받는다—이걸 무엇과 비교할 수 있을까? 돈을 번다는 세련된 활동은 생각해보면 참으로 놀라운 것이다. 돈이 만약의 근원이며 부자는 결코 천국에 갈 수 없다고 우리가 진지하게 믿는 점을 고려해보면 말이다. 아! 우리는 얼마나 기꺼이 파멸에 몸을 내맡기고 있는지!"

돈을 받는다는 게 당연히 좋긴 하지만, 이슈메일이 포경선에 탄 것은 돈 때문은 아니었다. 그는 "압도적으로 닥쳐오는 거대한 고래에 대한 생각"이라고 하는 거의 플라톤적인 이상을 추구하고 있다. 이슈메일은 또 "불길하고 신비한 괴물이 내 호기심을 불러일으켰다"고 한다. 하지만 이슈메일은 위험한 일을 할 때 찾아오는, 정신이 번쩍 드는 충격도 추구한다. "나는 금단의 바다를 항해하고 야만의 해안에 상륙하고 싶다." 이런 "아득한 것에 대한 사라지지 않는 갈망"을 충족시킬 최선의 방법을 찾아, 이슈메일은 미국 포경업의 산실 낸터킷으로 간다. "이 유서 깊고 이름난 섬과 관련된 모든 것이 무언가 멋지고 떠들썩한 느낌을 주었는데 그게 신기하게도 내 마음에 썩 들었다."

뉴베드퍼드의 선원 예배당을 찾아가 바다에서 실종된 사람들을 기리는 대리석 명판들을 훑어보고 나서 정신을 차렸을 법도 한데, 낸터킷에서 배를 타고 떠나겠다는 이슈메일의 결심은 바뀌지 않았다. "그래, 이 고래잡이라는 일에는 죽음이 있지. 눈 깜짝할 사이의 혼돈 속에서 사람을 영원 속으로 빠뜨려버려. 하지만 그게 뭐?"

이슈메일은 영혼의 불멸성이라는 생각에 홀린 듯 무모하게 사로잡힌다. "내 몸뚱이는 더 나은 내 존재의 찌꺼기인지도 몰라. 원한다면 내 몸을 가져가. 가져가라고. 이건 내가 아니니까." 신이건, 운명이건, 무엇이건 내키는 대로 하라고 한다. 결국에는 이슈메일이 승리할 테니까. "그러니 낸터킷을 위해 만세 삼창!"이라며 이슈메일은 의기양양하게 외친다. "배가 부서지거나 내 몸뚱이가 부서져야 한다면 그러라지. 주피터도 내 영혼을 부서뜨리지는 못할 테니까."

책이 더 진행된 뒤에, 고래가 이슈메일이 탄 포경보트를 들이받아 죽을 뻔한데다 스콜에 흠뻑 젖고 난 뒤 이슈메일은 어쨌든 간에 유언장을 쓰는 게 좋겠다고 생각한다. 그래서 49장 「하이에나」에서 이슈메일은 소설의 정서적 철학적 중심이 될 삶에 대한 태도를 떠올리고 이렇게 말한다. "우리가 삶이라고 부르는 기묘한 뒤죽박죽 사태 속에서 때로 야릇한 순간이 찾아온다. 우주 전체를 광대한 규모의 농담으로 받아들이게 되는 때다. 농담의 속뜻을 어렴풋하게밖에는 파악하지 못하고 이 농담이 누구도 아닌 자기를 놀리는 것이라고 생각하면서도 말이다."

이슈메일은 이런 삶의 태도를 "자유롭고 느긋한, 순한 무법자 철학"이라고 부른다. 소설 뒷부분에서 에이해브는 이슈메일을 (그리고 우리 모두를) 인간 정신의 울부짖는 심연 속으로 끌고 들어간다. 그렇지만 소설의 앞부분에서는, 그러니까 에이해브가 나타나 서사를 장악하기 전까지는 정말 낙관적이고 장난스럽고 현명하고 재미있는 영혼을 지닌 존재를 느낄 수 있어, 소설 결말에 최악의 사태가 벌어지고 난 뒤에도 적어도 이슈메일만은 살아남았다는 사실에서 우리는 위안을 받을 수 있다. 미국 문학계에서 살아남은 위대한 생존자 멜빌처럼, 이슈메일은 끝까지 남아서 이 이야기를 들려줄 수 있었으니, 그의 말을 놓치지 말고 귀기울여 들어야겠다.

4

낸터킷

멜빌이 『모비 딕』을 쓸 무렵에는 낸터킷이 아니라 뉴베드퍼드가 미국에서 가장 중요한 포경항이었다. 하지만 이슈메일은 가장 큰 포경기지에는 관심이 없었다. 이슈메일은 최초의 "위대한 원조"인 모래섬으로 간다. 바다로 거의 50킬로미터 나가야 있는 낸터킷섬. 포경업이 시작된 곳이다.

멜빌은 자기 경험을 바탕으로 소설을 썼지만, 다른 작가들의 글을 엄청나게 훔쳐오기도 했다. 『모비 딕』을 쓰는 동안 고래에 관련된 책을 도서관 수준으로 모았고, 이 책들에서 읽은 구절이 소설에 들어갔다. 멜빌에게 글쓰기 과정은 자기 경험을 바탕으로 이야기를 만드는 일이기도 했지만 다른 사람의 글을 취합하고 그것에 반응하는 일이기도 했다. 멜빌은

『모비 딕』을 쓰기 전에는 낸터킷에 가본 적이 없는 것으로 보이므로, 그는 실제 섬을 묘사하는 대신 미국의 탐욕스러운 확장을 예시하는 듯한 생기 넘치고 때로 기이한 정신 상태의 섬을 자유롭게 상상하여 창조해냈다고 할 수 있다. 1850년에 낸터킷은 이미 전성기를 지나 저무는 중이었기 때문에, 14장의 다섯 문단에 걸친 낸터킷 묘사에서는 향수가 느껴진다. 멜빌은 역사가 아니라 미국의 신화를 써내고 있었다.

이슈메일은 낸터킷은 "그저 흙무더기, 모래굽이에 불과하다. 뒷배경도 없이 온통 해변뿐이다"라고 했다. 그다음에는 이 섬이 얼마나 모래투성이고 척박한지에 대해 끝도 없는 농담이 이어진다. 낸터킷에는 나무가 거의 없어서 섬사람들은 나뭇조각도 "로마의 진짜 십자가 파편처럼 소중히 들고 다닌다". 그늘을 드리우라고 독버섯을 심는다. 모래밭에서 걸어다니려고 눈신을 신듯 모래신을 신는다. 바다가 어디에나 있어서 "의자와 식탁에도 조그만 따개비들이 붙어 있다".

이어지는 두 단락에서 섬의 역사를 간략하게 읊는데, 이슈메일은 최초 원주민들의 구전 전통에서부터 현재 섬사람들의 "히말라야산맥처럼 거대한 바다의 마스토돈" 추적까지 이어가며 낸터킷을 전 지구적인, 신이 정한 야망의 중심점으로 만든다. "이렇게 하여 이 헐벗은 낸터킷 사람들, 바다의 은둔자들이, 바다의 개미언덕에서 나와 알렉산더대왕처럼 물의 세계를 휩쓸고 정복했다. 세 해적단이 폴란드를 분할했듯, 대서양, 태평양, 인도양을 나눠 가졌다. 미국이 멕시코를 텍사스에 보태고 쿠바를 캐나다에 얹거나 말거나, 영국이 인도를 침략하고 불타는 깃발을 내걸거나 말거나, 이 지구의 3분의 2는 낸터킷 사람들의 것이다. 바다는 낸터킷의 것이기 때문이다. 낸터킷이 바다를 소유한다. 황제가 제국을 소유하듯."

낸터킷 사람들은 그냥 대양을 가로질러 항해만 하는 게 아니다. 향유고래를 쫓으며 바다 위에서 산다. "바다에 그들의 집이 있다. 바다에 그들의 일이 있다. 노아의 홍수가 일어나더라도, 홍수가 수억 중국 인구를 덮치더라도 아랑곳 않고 계속될 일이 있다." 이 사람들은 현실 세계의 사람들이 아니다. 그 시대의 아르고호• 선원들이고 신이 인류에게 부과하는 최악의 역경에도 굴하지 않는 초영웅들이다. 이어서 아름답고 섬세하게 조율된 이 장의 마지막 문장이 나온다. "육지를 떠난 갈매기가 해질녘에는 날개를 접고 파도에 흔들리며 잠들듯, 낸터킷 사람들은 해가 지면 육지가 보이지 않는 곳에서 돛을 말아올리고 드러눕는다. 베개 아래로는 바다코끼리와 고래가 떼를 지어 지나간다." 이 절묘한 산문은 이렇게 끝이 난다. 이 장은 강력한 소설이 장엄하고 느리게 진행되

• 그리스 신화에 나오는 배로, 이아손이 최고의 영웅들을 모아서 원정대를 꾸려 이 배를 타고 황금 양털을 찾으러 모험을 떠난다.

도록 일부러 속도를 늦추려고 과속방지턱 삼아 여기저기에
끼워놓은 짧은 곁가지 이야기 가운데 하나다.

5
차우더

14장에서 그려내는 낸터킷은 열기에 들뜬 회오리바람이다. 그런데 "진짜" 낸터킷, 아니 적어도 이슈메일과 퀴퀘그가 곧이어 찾아가는 낸터킷은 떠들썩하고 재미있는 것하고는 거리가 멀다. 그곳은 멜빌의 최악의 악몽으로 만든 그림자 세상이다. 불길한 구름이 피어나는 곳이고 종국에는 에이해브가 고래뼈로 된 다리를 딛고 이 구름 속에서 등장할 것이다.

그 속으로 들어가기 전에 하지만 먼저 멜빌이 『모비 딕』에서 제공하는 좀더 실질적인 선물을 음미해보자. 클램 차우더 요리법이다. 이슈메일과 퀴퀘그는 막 트라이포츠Try Pots 여관에 들어섰다. 여관 이름은 고래 지방을 끓여 기름을 만들 때 쓰는 거대한 쇠솥을 가리키는 말이다. 그곳에서 둘은 허시 부인의 차우더를 몇 사발씩 맛나게 먹는다. "아, 나의 친구들이여!" 이슈메일이 감탄하며 외친다. "내 말 좀 들어보게. 차우더에는 개암 열매만큼이나 작지만 촉촉한 조개에, 건빵을 갈아 넣고 소금에 절인 돼지고기를 잘게 썰어 섞는다네. 그러고 버터로 풍미를 더하고 소금, 후추로 진하게 간을 맞추지." 오늘날 차우더를 끓이는 사람들은 이것을 기억하길. 진부한 감자는 빼고 건빵 조각을 넣는다는 것!

트라이포츠 여관에 들어서기 전에 이미 이슈메일은 자기가 대체 어떤 소굴로 들어온 걸까 하고 생각한다. 중간돛대를 잘라 만든 여관 간판이 마치 교수대처럼 보인다. 이 여관을 추천해준 사람의 이름은 I. A. 코핀Coffin, 그러니까 '관'이었다. 이런 것들이 "지옥을 에둘러 암시하는 게 아닌가" 하는 생각을 떨쳐버릴 수 없다. 허시 부인은 두 사람을 방으로 안내해주면서 "스티그스라는 젊은이" 이야기를 한다. 4년 항해 끝에 고작 기름 세 통을 가지고 돌아온 뒤, 자기 작살로 몸을 찔러 스스로 목숨을 끊은 고래잡이였다. 허시 부인은 그래서 "그뒤로는 투숙객들이 밤에 그런 위험한 무기를 들고 방에 올라가지 못하게 해요"라고 설명한다.

이튿날, 이슈메일은 '요조'라는 조그만 나무 우상에게 기도를 드리는 퀴퀘그를 홀로 여관방에 두고 나온다. 저녁에 방으로 돌아와보니 문이 잠겨 있었다. 불안해져서 점점 거칠게 문을 두드리는데도 퀴퀘그는 대꾸가 없었다. 허시 부인이 옆에서 불안감을 부추기는 바람에 이슈메일도 최악의 사태를 걱정하기 시작한다. 퀴퀘그가 자살을 했다고. 허시 부인은 울음을 터뜨린다. "불쌍한 스티그스처럼 죽고 만 거야. (…) 불쌍한 그 사람 어미를 굽어살피소서!" 이슈메일은 절박해져서 몸을 던져 문을 연다. 그런데 퀴퀘그는 나무 우상 앞에 무아지경 상태로 꿈쩍도 않고 앉아 있었다.

『모비 딕』을 쓰는 동안 멜빌의 집에서도 비슷한 일이 날마다 일어났다. 멜빌은 문을 잠그고 방에 틀어박혀 점심을 먹이려는 식구들의 시도를 으레 무시했다. 나중에는 허시 부인과 상당히 비슷한 멜빌의 어머니가 자기 아들이 글쓰기에 몰두하다가 정신이 이상해질까봐 염려하게 된다. 이슈메일도 퀴퀘그를 보고 같은 걱정을 한다. "점점 화가 치밀었다. 하루 종일 그리고 한밤중까지 추운 방에 책상다리로 앉아 나뭇조각을 머리 위에 얹어놓고 있다니 터무니없는 미친 짓이다." 작가의 부모(혹은 배우자)라면 다들 이 심정에 공감할 거다.

6
피쿼드호

시간이 흐르고, 유행이 왔다 가고, 과거는 밀봉된 세계가 된다. 과거의 사람들을 유리창을 통해 들여다보고 비웃거나, 더 나쁘게는 우리 시대의 복잡한 문제들에 시달리지 않은 좋은 시절이라며 부러워하기는 쉬운 일이다. 하지만 이런 말들은 헛소리다. 삶은 삶이고, 멜빌이 『모비 딕』에서 묘사하는 세계는 우리가 우리 시대에 상상할 수 있는 그 어떤 세상 못지않게 최첨단이고 혼란스럽고 기이하다. 예를 들어, 가로돛을 달았고 뱃머리가 뭉툭한 포경선을 생각해보라.

간단하고 저렴하게 건조할 수 있고 수십 년을 끄떡없이 버티며 탄소 연료 한 방울도 없이 세계를 돌아다닌다. 세상에서 가장 큰 사냥감을 쫓는 스무 명에서 서른다섯 명 선원들의 보금자리다. 고래잡이들이 운좋게 고래 한 마리를 잡으면, 갑판은 거대한 시체를 토막 내 처리하는 미끌미끌한 도살장이 된다. 굴뚝이 달린 가마처럼 생긴 정유로에 불을 때면 배가 정유 공장이 되고 지독한 냄새가 나는 고래 지방덩어리가 기름으로 바뀐다. 이 누런 액체를 나무통에 넣어, 대도시 거리를 밝히는 데 쓰고 발전하는 산업화시대의 기계 윤활유로 쓴다. 주로 퀘이커교도인 낸터킷 포경 상인들은 이 기름을 팔아 미국에서 아니 세계에서 가장 부유한 사람들이 되었다.

이슈메일이 퀴퀘그와 함께 타려고 선택한 포경선 피쿼드호는 이 놀랍고 복잡한 배 가운데 하나이면서도 그 이상의 무엇이 있었다. 낸터킷이 수사적 구조물이듯이 피쿼드호도 이 세상에 속한 것이 아니다. 피쿼드호는 미국의 신화적 현신이다. 신이 축복하고 자유 기업이 축복한 나라 미국은 야만을 몰아냈다면서 그 야만을 품어 안았다. 피쿼드호는(피쿼드는 멸망당한 인디언 부족의 이름이다. 그런데 오늘날에는 이 부족 후손들이 코네티컷에서 고수익을 올리는 카지노의 소유주가 됐다. 형세가 이렇게 반전된 것을 멜빌이 알았다면 얼마나 재미있어했을까!) 오래된 배고, 겉모습이 역사를 뚜렷이 드러난다. "낡은 갑판은 닳고 주름졌다. 베케트 대주교가 피를 흘렸다는 캔터베리 대성당의, 순례객들의 발길에 닳은 판석 같았다. 하지만 고대 유물 같은 배에 반세기 넘는 세월의 거친 모험에 어울리는 놀라운 특징들이 새로이 더해졌다. (…) 배는 일종의 승전기념비였다. 적의 뼈를 깎아 꾸민 식인종 같은 배였다. 널판을 덧대지 않아 뚫린 뱃전 현장舷牆에 향유고래의 길고 날카로운 이빨을 죽 둘러 박아 마치 턱뼈처럼 장식했다. 고래 이빨로 낡은 삼줄로 된 배의 근육과 힘줄을 고정하는 밧줄걸이를 만든 것이다. (…) 고귀하지만 어쩐지 너무나 우울한 배! 모든 고귀한 것에는 우울함이 깃들어 있는 법이다."

피쿼드호의 풍파에 닳고 기름에 전 갑판 위에서, 피쿼드호의 선주인 퀘이커 상인 펠레그와 빌대드는 고래뼈로 만든 둥근 천막집 안에 앉아 될 수 있는 한 적은 돈으로 선원들을 고용하려 한다. 모두의 자유를 위한 나라이면서 노예제를 허락하는 나라 미국처럼 퀘이커 포경선주 두 사람은(특히 경건한 빌대드는) 타협할 수 없을 듯한 두 원칙을 꿰맞추는 방법을 찾아냈다. "인간을 살육하는 일에는 결단코 반대했지만 (…) 거대한 고래의 피는 엄청나게 흘려보냈다." "복수심에 찬 퀘이커교도" 빌대드는 자기가 고용한 고래잡이들을 착취하는 것에도 양심에 거리낌이 없다. 빌대드는 "이미 오래전에 종교와 현실 세계는 별개라는 현명하고 실용적인 결론에 도달했다. 이 세계는 배당금을 주니까"라고 이슈메일은 평한다.

어느 시대에나 영적인 문제와 세속적인 문제를 따로 떼어 생각하고 싶은 유혹이 있다. 멜빌의 시대에는 노예제 문제가 그것을 가장 확연하게 보여주었다. 늘 성서를 읽는 퀘이커교도 포경선주 빌대드는, 가장 잔혹한 노예주가 가장 경건한 사람이기도 하다는 프레더릭 더글러스•의 말에 담긴 진실을 구체적으로 보여준다. 이슈메일은 이렇게 말한다. "[빌대드는] 신심이 깊은 사람, 특히 퀘이커교도 치고 줄잡아 말해도 냉혹한 사람인 것 같다. 고용인들에게 절대 욕은 하지 않는다고 하지만, 그래도 고용인들을 지나칠 정도로 모질고 호되게 부려먹었다."

포경선에서 보낸 세월을 통해 멜빌은 육체노동의 고된 현실을 직접 경험으로 알았다. 정치가들이 애국심 가득한 목소리로 아무리 자유의 원칙을 외칠지라도, 미국의 번영은 영혼을 짓뭉개는 반복 노동, 대부분의 백인 미국인들은 거부하는 일종의 신체적 형벌로 이루었다는 것이 현실이었다. 일단 고래를 잡으면, 그걸 해체하는 데 꼬박 하루가 걸린다. 그런데 또다른 고래가 눈에 들어오면 쉴 틈도 없이 그 일을 처음부터 또다시 해야 한다. "아, 친구들이여, 이건 정말 사람 잡는 일이다!" 이슈메일은 한탄한다. "하지만 이것이 삶이다. 우리

• 노예였다가 탈출하여 『미국인 노예 프레더릭 더글러스의 삶의 이야기』(1845)라는 자서전을 출간했고 노예제 폐지론자, 연설가로 활동했다.

인간들은 한참을 노역하여 이 세상처럼 거대한 덩치에서 적지만 소중한 고래기름을 얻어내고, 녹초가 된 채로 참을성 있게 더러운 오물을 몸에서 닦아내고 영혼의 깨끗한 성소에서 사는 법을 익힌다. 그런데 그러자마자,—고래가 물을 뿜는다!—귀신이 솟구쳐오르고, 우리는 또다른 세상에 맞서 싸우러 떠나고 젊은 인생의 해묵은 일과를 다시 되풀이한다."

보통 포경선 선원은 세계 곳곳에서 온 사람들로 이루어져 있다. 미국과 유럽의 백인들뿐 아니라 아메리카 원주민, 아프리카계 미국인, 아조레스 제도인, 카보베르데인, 남태평양 섬 사람 들도 있었다. 피쿼드호에 탄 작살잡이들은 폴리네시아의 코코보코섬("어느 지도에도 나와 있지 않다. 진짜인 곳은 지도에 없으니까"라고 이슈메일은 말한다)에서 온 퀴퀘그, 아프리카 출신의 "위풍당당한 흑인" 다구, 마서스비니어드의 왐파노아그족 출신인 타슈테고, 중국식 웃옷을 입은 비밀스러운 배화교도 페달라, 이렇게 네 명이다. 이슈메일은 피쿼드호의 선원 서른 명의 특징이라면 그 가운데 절대다수가 (대부분 낸터킷 출신인 간부들을 포함해서) 섬 출신이고 "외톨이들"이라는 것이라고 한다. "이 외톨이들은 저마다 자기만의 대륙에 산다. 그렇지만 지금은 하나의 용골을 따라 연합했다."

19세기 미국에서는 이런 인종적 다양성이 흔히 볼 수 있는 모습은 아니었다. 그때는 미국인이라면 백인을 의미했고, 미국이 세계열강으로 자랑스레 자라는 와중에 부를 일구었거나 아직은 아니더라도 부를 향해 나아가고 있는 이들을 말했다. 한 세기 반이 지난 지금은 미국의 성장에 다른 사람들과 다른 문화가 미친 영향을 전혀 다른 시각으로 본다. 이슈메일이 말하듯 백인 미국인은 "머리를 후하게 내놓고, 나머지 세계는 근육을 인심 좋게 공급했다". 포경선에서 이런 다양한 사람들을 접했기 때문에, 멜빌은 미래 미국의 인구 구성을 직접 경험한, 그 시대에는 매우 드문 작가가 되었다. 그래서 일하는 사람들에 대한 멜빌의 묘사에서는 편견이나 오만이 느껴지지 않는다.

멜빌은 포경선을 타고 나간 경험이 자기에게 엄청난 선물이라는 사실을 잘 알았나. 멜빌의 동시대 사람들은 전혀 알아주지 않았지만, 멜빌은 태평양에서의 경험이 대학에서 받을 수 있는 교육보다 예술적 목적에 훨씬 더 큰 도움을 주었다는 것을 알았다. 자기가 앞으로 명성을 누리게 된다면 포경선을 타봤기 때문일 거라고 생각했다. 이슈메일은 이렇게 말한다. "만약 앞으로 내가 무언가 전체적으로 보아 안 하느니보다는 하는 게 나을 일을 한다면, 만약 내 죽음의 순간에 유언 집행자들이, 아니 그보다는 아마도 빚쟁이들이 내 책상에서 조금이라도 가치 있는 원고를 발견한다면, 그에 대한 모든 영광과 영예를 지금 미리 앞서서 고래잡이에 돌리겠다. 고래잡이배가 나에게는 예일이고 하버드였기 때문이다."

멜빌은 또 포경선 위에서 자유를 주는 민주주의의 힘을 깨닫게 되었다. 이슈메일은 그걸 미국을 (물론 남부의 노예제라는 심각한 문제는 예외로 하고) 19세기 중반의 다른 나라들과 구분하는 "민주적 위엄"이라고 부른다. 포경업의 위험한 노동 환경에서는 인종이 뭐건 배경이 뭐건 전혀 중요하지 않다. 중요한 것은 자기 일을 할 수 있느냐다. 한번은 피쿼드호의 삼등 항해사 플래스크가 고래 무리를 더 잘 보려고 거구의 흑인 작살잡이 다구의 어깨 위로 올라간다. "왜소한 플래스크가 거인 같은 다구 위에 올라가 있는 모습은 더욱 희한했다"라고 이슈메일은 전한다. "당당한 흑인이 차분하고 무심하고 느긋한 뜻밖의 야만적 위엄을 지니고 버티고 있었고, 그의 탁월한 육체는 바다의 흔들림에 어우러져 자연스레 흔들렸다. 드넓은 등 위에 올라탄 금발의 플래스크는 눈송이처럼 보였다. 올라탄 사람보다 떠받치는 사람이 더 고귀해 보였다." 이 한 장면에서 멜빌은 다른 데에서 언급한 인류의 "신성한 평등"을 실제로 보여주며 노예제를 신랄하게 비판했다. 플래스크가 다구보다 지위는 높지만, 삼등 항해사를 말 그대로 어깨로 지탱하는 것은 아프리카 출신 작살잡이다.

이슈메일은 민주주의는 원칙적으로 "신으로부터 무한히

뻗어나온다. 절대자인 위대한 신 자체로부터!"라고 주장한다. 그렇다고 해서 민주주의에 아무 문제가 없다는 말은 아니다. 이슈메일은 또 이렇게 말한다. "추상화된 개념으로 인간을 생각해보라. 그 사람은 경이이자 위엄이자 비애 자체로 보일 것이다. 하지만 같은 시점에서 인류 전체를 생각해보라. 대부분은 불필요한 복제품 무더기로 보인다." 어느 시대에건 "신성한 평등"의 원칙을 위협하는 존재가 있을 것이고, 그의 이름은 에이해브다.

7
에이해브

책이 거의 4분의 1 정도 진행되어서 28장에 다다를 때까지 에이해브는 등장하지 않는다. 영화 〈조스Jaws〉의 상어처럼, 에이해브의 등장은 지연되었기 때문에 더욱 강력하다.

이슈메일은 오전 망보기 업무를 하려고 갑판에서 보고를 하고 고물 쪽을 흘깃했을 때 피쿼드호의 사령관을 처음으로 보게 된다. 1850년대 미국처럼, 에이해브는 자기 몸안에서 타오르는 불길 때문에 분열되고 그을리고 삶아진 사람이다. 이슈메일은 이렇게 묘사한다. "그는 화형대에서 끌어내린 사람처럼 보였다. 불길이 팔다리를 휘감았으나 다 태워버리지는 못한 사람. (…) 가는 회초리 모양의 납빛 흉터가 잿빛 머리카락 아래에서 나와 갈색으로 그을린 얼굴과 목 한쪽을 타고 내려와 옷 속으로 사라졌다. 커다란 나무가 꼭대기에 벼락을 맞아 벼락이 곧은 나무줄기를 타고 내려왔을 때 생기는 수직의 틈과 비슷했다. 벼락이 나뭇가지는 하나도 떨구지 않고 나무껍질만 우듬지에서 밑동까지 죽 갈라 홈을 파며 내려가 땅속으로 들어가면, 나무는 여전히 싱싱하게 살아 있어도 낙인은 남는다."

고래뼈 의족을 뒷갑판 송곳 구멍에 꽂고 한 손으로 삭구를 붙든 채 에이해브는 저멀리 바다를 눈으로 훑는다. "앞만 뚫어지게 바라보는 두려움 없는 선장의 시선에는 강고한 뚝심, 확고한 불굴의 의지가 있었다." 이 남자에게서는 서글픈 장엄함마저 느껴졌다. 이슈메일은 "우울감에 빠진 에이해브의 얼굴을 보니 십자가형을 받는 사람이 떠올랐다. 그에게서 알 수 없는 제왕적 위엄을 띤 강력한 비애가 느껴졌다"고 한다.

우리는 에이해브의 과거 이야기를 조금씩 듣게 된다. 이전 항해에서 흰 고래에게 다리를 잃은 뒤 며칠, 몇 주 동안 에이해브의 신체적 정신적 고통이 견딜 수 없을 만큼 극심해서 항해사들이 "울부짖는 선장을 해먹에 단단히 묶어놓을 수밖에 없었다". 연달아 닥치는 격한 돌풍에 배가 들썩이자 에이해브는 임시 구속복 속에서 흔들리며 몸을 뒤틀고 비명을 질렀고 그러는 동안에 에이해브 내부에서 끔찍한 변화가 일어났다. "그의 찢어진 육신과 갈라진 영혼에서 나온 피가 한데

뒤섞였다. 그렇게 섞인 피가 그를 미치게 했다."

광기 속에서 에이해브는 모비 딕을 단순한 고래 이상으로 생각하게 된다. 모비 딕은 "생각이 깊은 사람을 갉아먹어 심장 반쪽과 폐 반쪽으로 살아가게 만드는 모든 사악함의 편집광적 현신"이었다. "미친 에이해브에게는 모든 악이 모비 딕이라는 형태로 가시화되었고 실제로 공격할 수 있는 대상이 되었다." 일단 낸터킷에 돌아가자 에이해브는 정신을 완전히 차린 것처럼 보였다. 사실은 "속에 감추어진 자아는 미쳐 날뛰었고" 에이해브는 흰 고래를 죽이기 위해 다시 항해를 떠나기로 결심한다.

광기어린 추구를 도와줄 사람이 필요했기 때문에 에이해브는 자기가 지휘할 고래잡이 보트에 탈 선원들을 직접 모으기로 한다. 마닐라 출신의 노잡이 네 명과(이슈메일은 마닐라 사람들은 "악마주의로 악명 높은 인종이다. (…) 악마에게 돈을 받고 첩자나 비밀 요원 역할을 한다고 들었다"고 주장한다) 작살잡이 페달라였다. 페달라는 "키가 크고 낯빛이 거무스름하고 흰 치아 한 개가 강철 같은 입술에서 사악하게 삐죽 튀어나와 있다". 페달라와 노잡이 네 명은 다른 선원들의 눈에 띄지 않게 피쿼드호의 선창에 숨어 있다가 낸터킷에서 출항하고 한참 뒤 처음 고래가 나타났을 때 모습을 드러낸다.

사실 나는 가장 최근에 『모비 딕』을 읽었을 때에야 페달라 [illegible] 깨달았다. 페달라와 마닐라에서 온 노잡이들은 그냥 지옥 같은 장식물로 갖다놓은 것이 아니었다. 이들은 에이해브를 에이해브로 만드는 핵심 요소였다. 어떤 지도자도, 아무리 미치광이라고 해도 내부 조언자나 계속 부추기고 다그치는 사람은 반드시 필요한 것이다.

에이해브가 페달라를 어떻게 만나게 되었는지 자세한 내막은 영원히 알 수 없다. 그렇지만 피쿼드호가 낸터킷에서 출항하기 전에 선장에게 말할 수 없이 이상한 일이 일어났다는 것은 알게 된다. 이슈메일의 말에 따르면 선장이 길바닥에 쓰러진 상태로 발견되었다고 한다. 고래뼈 다리는 "거칠게 꺾여" "말뚝처럼" 사타구니에 박혀 있었다. 사고를 당한 게 분명했는데, 에이해브는 무력감에 고통스러워하면서 이것도 다 모비 딕 탓으로 돌렸다. 이 굴욕적인 사건 때문에 에이해브가 초자연적인 도움이 필요하다고 확신을 하게 되었는지 분명히는 알 수 없으나, 한 가지는 확실하다. 터번을 쓴 주술사 페달라가 에이해브에게는 피쿼드호에 탑승한 그 어떤 선원보다도 중요하다는 것.

8
선동가의 해부학적 구조

위대한 지도자를 만났다는 것은 어둠을 자기의 목적에 맞게 이용하는 황폐한 영혼을 알게 되었다는 의미다. 이슈메일은 이렇게 적절하게 표현한다. "비극적으로 위대한 사람은 누구나 어떤 병적인 과정을 통해 그렇게 되기 때문이다. 젊은 야심가여, 인간의 위대함이란 질병에 지나지 않음을 명심하라." 36장 「선미 갑판」에서 멜빌은 우리 같은 평범한 사람들이 위대한 미치광이들에게 얼마나 현혹되기 쉬운지를 보여준다.

이 장 첫머리에서 에이해브는 들끓는 에너지를 어쩌지 못하고 씩씩거리며 갑판 위를 이리저리 서성인다. 고래뼈 다리 끝이 나무 널판 위에 "지질학적 암석처럼 움푹 파인" 자국을 남긴다. 이등 항해사 스터브는 선장 "머릿속의 병아리가 알 껍데기를 쪼고 있다"고 말한다. 이윽고 에이해브 스타일의 어전(御前) 공연이 시작된다. 에이해브는 지금까지는 항해의 비밀스러운 목적을 밝히지 않고 있었다. 에이해브가 하고자 하는 일은 엄밀히 말하면 불법이다. 피쿼드의 선주들이 흰 고래한테 복수를 하라고 에이해브를 고용한 것은 아니었으니까. 하지만 선원들과 말 잘 듣는 이등, 삼등 항해사를 자기 목적에 끌어들일 수 있다면, 일등 항해사 스타벅도 어쩌지 못하고 받아들이도록 밀어붙일 수 있을 터였다.

에이해브는 스타벅에게 "모두 선미에 집합"시키라는 명령을 내린다. 선원들이 모두 모였는데, 에이해브는 여전히 갑판 위를 왔다갔다하기만 한다. 선원들의 호기심이 꽤 커졌다 싶었을 때에야 에이해브는 뜻밖의 질문으로 말문을 연다. "고래를 보면 어떻게 하나?" "소리를 지릅니다!" 바로 대답이 나왔다.

선동가들이 쓰는 해묵은 수법이다. 질문과 대답이 이어질 때마다 군중은 연사의 열정적 목표의식에 이끌릴 수밖에 없다. "선원들이 이상하다는 듯 서로 눈을 맞추기 시작했다." 이슈메일은 "이런 무의미해 보이는 질문에 자기들이 그렇게 흥분해서 대답한 것에 스스로 놀란 것 같았다"라고 전한다. 정치 집회에서 이런 일이 흔히 일어난다. 멜빌의 형이자 민주당 하급 당직자인 갠즈보트는 짧은 정치 경력 동안 이와 비슷한 수사를 연료로 하는 집회를 개최하는 일을 했었다. 19세기 전반에 미국을 휩쓴 2차 대각성운동 신앙부흥집회의 역학도 비슷했다. 이 운동은 남북전쟁 전에 복음주의적 열정을 불러일으켜 노예제 폐지 운동에 기여하기도 했다.

선원들을 장악한 에이해브는 이제 소도구를 하나 꺼낸다. 스페인 금화 한 개. 에이해브는 스타벅에게 망치를 달라고 하더니, 금화를 돛대에 못으로 박으면서 "이마에 주름이 잡혀 있고 턱이 일그러진 대가리가 흰 고래"를 처음 보는 사람이 이 동전의 임자라고 말한다. 군중이 흥분하여 환호한다. "'야호! 야호!' 선원들은 선장이 돛대에 금화를 박자 방수모를 휘두르며 함성을 질렀다."

알고 보니 작살잡이들은 전부 전에 그 악명 높은 고래를 본 적이 있었다. "죽일 놈의 고래!" 에이해브가 외친다. "그래, 자네들이 본 게 모비 딕이야—모비 딕—모비 딕!"

그 순간에 스타벅이 사실들을 꿰맞춘다. "에이해브 선장님, 저도 모비 딕 이야기는 들어봤습니다—그런데 선장님 다리를 가져간 게 모비 딕은 아니겠지요?"

에이해브는 그 사실은 언급하지 않고 넘어가기를 바랐던 모양이다. "누가 그런 소리를 하던가?" 에이해브가 내뱉는다. 그러나 잠시 머뭇거린 끝에 사실을 부인하는 대신 그 사실을 활용하기로 마음먹는다. "그래, 스타벅." 에이해브가 시인

한다. "그래, 나의 제군, 내 돛대를 꺾은 게 모비 딕이었다. 지금 내가 디디고 있는 이 잘린 다리를 나에게 안겨준 게 모비 딕이야." 그러더니 그는 최고의 정치가들만 쓸 수 있는 술책을 쓴다. 눈물 한 방울을 떨어뜨린 것이다. "'그래, 그래.' 그는 끔찍하게 큰 소리로 짐승처럼 울부짖었다. 비통한 무스moose 같은 울음소리였다. (…) '그래, 그래! 나는 희망봉을 돌고 혼곶을 돌고 노르웨이 소용돌이를 돌고 지옥의 불꽃을 돌아서라도 그놈을 쫓아갈 거야. 절대로 포기하지 않겠어. 그러려고 우리가 출항한 것이다! 흰 고래를 대륙 양안에서, 지구 사방에서 추적해 놈이 검은 피를 토하고 지느러미를 늘어뜨릴 때까지 쫓을 것이다. 제군, 어떻게 하겠나? 지금 손을 맞잡을 텐가? 다들 용감해 보이는데.'"

결정적인 순간이었다. 하지만 에이해브는 걱정할 필요가 없었다. "'네, 네!' 작살잡이들과 선원들이 열에 들뜬 노인 주위로 바싹 다가들며 외쳤다. '날카로운 눈으로 흰 고래를 찾자! 날카로운 창으로 모비 딕을 찌르자!'"

"고맙네." 에이해브가 "흐느낌과 고함이 반쯤 섞인 음성으로" 말하더니 급사에게 선원들에게 술을 돌리라고 명한다. 그러고는 일등 항해사를 돌아본다. "그런데 자네는 왜 그런 얼굴인가, 스타벅? 흰 고래를 쫓지 않을 건가? 모비 딕에 맞설 자신이 없어?"

스타벅은 에이해브의 복수가 "낸터킷 시장에서" 어떤 소득을 가져다줄 것인가라는 질문으로 답을 대신한다. 영화 〈이것이 스파이널 탭이다This Is Spinal Tap〉• 에 나온 표현을 빌리자면 에이해브는 이때 자신의 카리스마를 '11'로 올린다. "이리 가까이 오게, 스타벅." 에이해브가 말한다. "자네는 좀더 깊은 층위를 볼 필요가 있어." 돈이 문제가 아니라고 에이해브는 설명한다. 개인적인 문제라고. 가슴을 탕탕 치며 소리친다. "내 복수가 여기에 막대한 보상을 가져다줄 것이다!"

스타벅은 당연히 경악한다. "말 못하는 짐승에게 분노하다니요, 불경스럽습니다, 선장님." 스타벅이 반발한다. 그래서 에이해브는 흰 고래와 싸우는 이 작전을 합리화하는 논리를 설명한다. 에이해브에 따르면 모비 딕은 단순한 향유고래가 아니다. 모비 딕은 눈에 보이지 않지만 확실히 존재하는 악의 힘의 도구다. "눈에 보이는 것은 (…) 모두 판지로 만든 가면에 지나지 않아." 에이해브가 주장한다. 모비 딕을 죽이면 이 가면을 뚫고 모든 불행과 고통의 근본 원인에 다가갈 수 있을 것이라고. 그러더니 에이해브는 이 세상을 감방에 비유한다. "죄수가 감옥 벽을 뚫지 않고 밖으로 나갈 수 있나? 나에게는 흰 고래가 내 앞길을 가로막은 벽이야." 고래를 죽여

• 롭 라이너 감독의 모큐멘터리 영화. 앰프의 출력을 조절하는 다이얼을 최대치인 '11'로 맞추는 장면이 나오는데, 그래서 '11에 맞춘다'는 말이 '최대로 올린다'는 뜻으로 쓰이게 되었다.

서 우주의 비밀을 푼다는 것은 물론 말이 안 되지만, 이런 처절하고 강렬한 분노에 사로잡힌 사람에게 합리성이라는 게 무슨 소용이 있겠는가? "놈이 나를 억누르고 나를 짓눌러." 에이해브가 울부짖는다. "놈에게서 알 수 없는 사악함이 조종하는 어마어마한 힘을 봐. 내가 증오하는 게 바로 그 알 수 없는 것이야. 흰 고래가 대리인이건 주역이건 간에 나는 증오를 놈에게 퍼부을 거야. 불경하다는 말은 하지 말게. 해가 나를 모욕했다면 나는 해에게 덤빌 테니."

그러고는 스타벅에게 다른 선원들을 보라고 한다. 모두 "에이해브와 한뜻"이었다. 게다가 흰 고래를 쫓는 게 뭐가 그렇게 문제냐고 한다. 원래 고래를 잡으려고 바다로 나온 게 아니었나? "지느러미 하나 찌르는 걸 도와달라는 것뿐이야. 스타벅에게는 아무것도 아닌 일이지." 에이해브는 확고하다.

에이해브는 마지막으로 고래잡이로서 스타벅의 상당한 자부심을 자극한다. "낸터킷 최고의 작살잡이가 이깟 시시한 사냥에서 발을 뺄 생각은 아니겠지?" 일등 항해사가 바로 대꾸를 하지 않자 에이해브는 설득에 성공했다고 확신한다. "스타벅도 이제 내 편이다." 에이해브가 기뻐한다. 에이해브는 스타벅이 "홀린 듯 침묵으로 동조했다는 사실에 기뻐" 들떠서 스타벅이 "신께서 나를 지켜주시길! 우리를 지켜주시길!"이라고 웅얼거리는 소리를 듣지 못한다. 갑자기 바람이

잦아들면서 돛이 펄럭이는 소리도, 무엇보다도 불길하게 페달라가 "선창에서 나지막이 웃는 소리"도 듣지 못한다.

술이 한 순배 돌고 작살잡이들이 작살대 꽂는 구멍에 술을 담아 건배를 하며 충성을 맹세하자, 에이해브는 자기 선실로 돌아가 선미 창문 밖으로 해가 지는 것을 보며 갑판 위에서 있었던 일을 되새겨본다. "힘든 일은 아니었어." 에이해브의 독백이다. "최소 한 놈쯤은 고집을 피울 줄 알았지. 하지만 내 톱니바퀴 하나가 바퀴들 전부에 쏙 들어맞아 잘도 돌아갔지. (…) 하고자 마음먹은 일을 나는 의지로 밀어붙였어. 그리고 난 의지를 품은 일은 해내고야 만다고! 저자들은 내가 미쳤다고 생각하지—스타벅은 특히. 나는 마귀에 들렸어. 나는 미쳐버린 광기야!"

9
호손

그렇다면 이것은 어디에서 왔을까? 이 어둠, 공허의 마법 같은 주술은? 악에 인격을 부여하는 멜빌의 탁월한 능력은 알고 보니 최근에 접한 영향, 뜻밖에도 수줍음 많고 유순한 작가 너새니얼 호손에게서 비롯된 것이었다. 사실 멜빌은 초고를 거의 완성하고 난 뒤에 처음으로 호손을 만났다. 그런데 두 사람이 나눈 우정의 이야기와 멜빌이 쓴 편지들만 보더라도 『모비 딕』을 읽고 싶은 생각이 든다. 『모비 딕』은 우리 모두를 몰고 가는 거대한 불가항력에 대한 소설이기도 하지만 친밀한 인간관계의 미세한 기후에 대한 소설이기도 하기 때문이다.

1850년 늦여름, 멜빌은 고래잡이에 대한 소설을 완성했다고 생각했다. 이 원고에는 에이해브의 그림자도 등장하지 않았다. 8월 초에 매사추세츠 피츠필드에 있는 멜빌의 집에 방문했던 이버트 다이킹크는 아내에게 멜빌이 "고래잡이에 대한 낭만적이고 상상력이 풍부하면서도 사실적이고 재미있는 글"을 "거의 완성했다"고 편지로 알렸다. 그러고 얼마 뒤 8월 5일에, 멜빌은 너새니얼 호손을 만났다.

호손은 마흔여섯 살로 멜빌보다 열다섯 살 연상이었다. 그는 얼마 전에 『주홍 글자』를 완성했고 레녹스 인근 농가를 임대해 아내 소피아와 두 아이 줄리언, 우나와 함께 살면서 『일곱 박공의 집The House of the Seven Gables』을 쓰고 있었다. 모뉴먼트산에 소풍을 갔을 때 두 작가가 처음으로 이야기를 나눌 기회가 마련되었다. 그러고 나서 곧 멜빌은 호손의 단편집 『낡은 목사관의 이끼Mosses from an Old Manse』를 읽었다. 1주일 뒤, 멜빌은 「호손과 그의 이끼」라는 비평을 써서 다이킹크에게 『리터러리 월드Literary World』에 실으라고 줬다.

당시에 호손은 식민지시대 뉴잉글랜드의 이야기를 솜씨좋게 써내는 온화한 은둔자로 꽤 알려져 있었다. 멜빌은 이런 관점은 핵심을 놓치는 것이라고 주장했다. 호손은 "무해한" 명문가가 아니라 "어둠의 위대한 힘"에 사로잡힌 인정받지 못한 천재라고 했다. 그의 소설들은 보석처럼 정교한 표면 아래에 너무나 심오하고 심란한 진실이 숨겨져 있어 영어로 쓰인 어떤 문학작품과도 어깨를 겨룰 수 있다고 평했다.

멜빌은 이 비평에서 이어 셰익스피어에게 관심을 돌렸다. "셰익스피어의 심오하고 아득한 면들, 때로 번뜩이는 직관적 진실, 현실의 축을 순식간에 바로 파고드는 탐구—이런 것들이 셰익스피어를 셰익스피어이게 하는 것이다." 뿐만 아니라 셰익스피어는 햄릿, 리어, 이아고 같은 "어두운 인물"을 통해, "어떤 훌륭한 사람이 그 고유의 캐릭터로 말하거나 암시하는 것이 실은 광기일 뿐이라는, 우리가 참으로 진실이라 느끼는 사실을 교묘하게 넌지시 말한다"고 했다. 멜빌은 호손에 대해 글을 쓰면서 셰익스피어를 이용해 에이해브를 위한 초석을 닦은 셈이다.

1850년 가을, 멜빌과 호손이 가까워졌다. 기질적으로는 두 사람은 거의 정반대로 달랐다. 소피아 호손은 멜빌이 "손끝까지 삶으로 가득찬 사람"이라고 적었다. 반면 호손은 삶과 거리를 두고 싶어했다. 사실 소피아가 어머니에게 보낸 편지에서 털어놓기를, 모뉴먼트산에서 멜빌을 만나기 전에 "수줍음 많은 우리" 남편이 그 정력 넘치는 젊은 작가를 자기에게 소개하지 말아달라고 따로 부탁했다고 한다. 친구가 된 뒤에도 호손은 거리를 두고 좀 물러서 있었지만 멜빌이 항상 밀고 들어왔다. 소피아는 그들의 새 작가 친구에 대해 이렇게 썼다. "성장하고 있는 작가가 폭포수처럼 자기 생각을 쏟아놓고 호손 씨가 말없이 온화하게 받아들여주며 침묵으로 일관하는 것을 앉아서 듣고 있으면 저는 기분이 참 좋아요."

하지만 멜빌이 호손과의 대화에 열렬하고 성급하게 덤벼들기만 한 것은 아니었다. 소피아가 보기에 멜빌의 광기에는 뭔가 불온함이 있었다. 어머니에게 보낸 편지에서 소피아는 멜빌한테 마음에 안 드는 점이 하나 있는데 바로 그의 "작은 눈"이라고 했다. 소피아는 이렇게 설명했다. "가끔 활기가 수그러들고 제가 마음에 안 든다고 한 그 눈이 두드러지게 조용한 기색을 띨 때가 있어요. 내면을 향하는 듯한 흐릿한 표정인데 동시에 그 순간 자기 눈앞에 있는 것을 매우 깊이 새기고 있다는 느낌을 주는 거예요. 기이하고 게으른 시선인데 그 안에 무척 독특한 힘이 있어요. 사람을 꿰뚫는 것이 아니라, 사람을 안으로 끌고 들어가는 듯한 눈빛이에요." 창조적 침투 과정의 멜빌을 포착한 것이다. 이는 멜빌이 호손한테서 필요한 것을 이끌어내는 은밀하고 기만적으로 "게으른" 방식이다. 호손은 멜빌에게 문학적 영향을 미쳤다기보다는 감정적 영감의 원천이 되어주었다. 호손은 멜빌이 셰익스피어의 뒤를 따라 어둠 속으로 빠져들도록 추동하는 인물이었다. 에이해브가 피쿼드호를 자기 멋대로 사용하듯이, 멜빌은 호손의 작품을 자신의 문학적 목적에 맞게 유용했다.

그렇지만 호손이라는 그 사람은 대체 어떤 사람인가? 그 어둠의 힘은 어디에서 오는가? 멜빌은 알 수가 없었다. "호손이 이 불가사의한 어둠을 그저 수단으로 이용해서 신비로운 효과를 만들어냈는지 (…) 아니면 호손 자신도 모르는 청교도적 우울함이 정말로 그의 안에 깃들어 있는지—나는 도저히 모르겠다." 멜빌은 비평 글에 이렇게 썼다. 1851년 2월 다이킹크에게 보낸 편지에서는 "이 사람의 꽉 찬 구형球形에 무언가 빠진 게 있어—상당히 많이. 그게 뭘까? 그 사람은 푸줏간을 애용하지 않지—그 사람한테는 설익힌 로스트비프가 필요해." 호손에게 무엇보다도 필요한 것은, 퀴퀘그 같은 식인종 친구였다.

나중에, 호손이 쉰아홉을 일기로 세상을 뜨고 한참 뒤 멜빌은 호손의 아들 줄리언에게 호손은 "평생 엄청난 비밀을 감추어왔다. 그걸 안다면 그의 작품 세계의 모든 비밀을 설명할 수 있을 것이다"라고 했다. 호손의 불가해한 본질이 『모비 딕』의 사방에 존재한다. 세상의 "판지로 만든 가면" 뒤에 실제로 무엇이 있는지 알고자 하는 에이해브의 고통스러운 욕구에, 무시무시하고 신비로운 가능성으로 가득하지만 결국 아무것도 드러내지 않는 흰 고래에.

호손을 만나기 전 멜빌은 맹렬한 속도로 소설을 써대서(최근 두 편의 소설을 몇 달 만에 썼다) 영국 출판업자가 천천히 하라고 충고했을 정도였다. 호손의 차분함에 영향을 받아 멜빌은 고래잡이를 주제로 한 평범한 피카레스크 소설을 쓰는 도중에 손을 멈추고 이 이야기를 호손의 단편에서 읽은 어둠의 힘의 관점에서 통째로 새로이 생각하게 되었다. 그러고 나서 멜빌은 고래잡이 주제에 다시 함몰되었고, 이번에는 자신을 영원히 기억되게 할 걸작을 써냈다.

에이해브를 통해 멜빌은 호손 비평에서 "필수적 진실을 담은 분별 있는 광기"라고 부른 것을 표현할 방법을 찾았다. 에이해브는 아무도 듣고 싶어하지 않는, 특히 진실이기 때문에 듣고 싶지 않은 말을 투레트 증후군이 있는 사람처럼 주체하지 못하고 뱉는다. 삶이 결국 무의미한 죽음에 이르고 만다면, 사람은 어찌해야 하나? 에이해브는 이런 상황에서는 부조리하고 궁극적으로 무도덕한 삶의 대체물, 이를테면 흰 고래 같은 것을 공격하여 모든 분노와 두려움과 증오를 그것에 쏟아붓는 것이 가장 고귀하며 최선인 방법이라는 결론을 내린다. 마음속 깊은 곳에서는 결국 그것이 자기 자신의 죽음뿐 아니라 자기를 따르는 모든 이들의 죽음만을 가져오리라는 것을 알면서도 말이다.

에이해브 선장이 이렇듯 강력한 인물이 될 수 있었던 까닭은 세상을 상징적으로 바라보는 에이해브에게서 멜빌이 자기 자신을 보았기 때문이다. 멜빌에게는 구체적이고 명확하고 자세한 것들을 포착하는 발군의 능력이 있었으나 형이상학적 몰두 속에 그 능력이 묻혀버리곤 했기 때문에, 멜빌은 글을 쓰는 내내 그렇게 되지 않으려고 싸워야 했다. 한편 멜빌은 에이해브의 터무니없는 야심에도 공감했다. 자기가 "강력한 책"을 쓰고 있다고 생각했으니 말이다.

에이해브를 창조해내는 과정에서 또하나의 돌파구가 있었는데 이것도 호손에게서 나왔다. 멜빌은 호손에게 자기가 가장 동일시하는 대상과 미학적 거리를 둠으로써 인간 경험의 가장 암울하고 가장 무시무시한 면에 대해 쓸 수 있는 방법을 배웠다. 그래서 멜빌은 호손에게 이런 편지를 쓸 수 있었다. "저는 사악한 책을 썼지만, 새끼 양처럼 무구한 기분입니다."

하지만 멜빌은 결국에는 호손처럼 어둠으로부터 냉정하게 거리를 유지하기가 어려웠다. 소피아 호손이 느꼈듯이 멜빌은 삶에 몰두해 있었고, 자기 인물에도 몰두해 있었다. 1850년 12월 갈가리 찢고 무너뜨린 초고의 토대를 다시 세우던 도중 다이킹크에게 자기 머릿속에 있는 것을 종이에 옮기는 일이 힘겹다고 털어놓았다. "머리에서 책을 뜯어내는 과정은 오래된 그림을 패널에서 떼어내는 일처럼 까다롭고 위험스러운 일일세. 안전하게 떼어내려면 뇌 전체를 긁어내야 해—그런데 그렇게 수고를 들인다고 하더라도 떼어낸 그림이 그만 한 가치가 없을 수도 있지." 이 편지에서 암시하듯이 에이해브를 창조하는 과정, 멜빌이 나중에 "내 사악한 예술"이라고 부른 것을 쏟아붓는 과정은 온 정신을 소모하고 갉아먹는 경험이었다. 『모비 딕』 원고 위에 말 그대로 멜빌의 뇌 조각이 떨어지지는 않았더라도 그해 겨울과 봄에 서재에서 멜빌에게 어떤 일이 일어난 것은 분명하다.

소피아 호손을 심란하게 했던 그 눈이 이제 멜빌을 괴롭혀서 자기가 종이 위에 쓰는 단어가 눈에 들어오지 않을 지경이 되었다. 『모비 딕』 다음에 쓴 『피에르Pierre』라는 소설에 멜빌은 자기가 2층 서재에서 겪은 고초를 허구화하여 담았다. "끝없이 일하다보니 눈이 상했다. 눈에 심하게 무리가 가서 어떤 날에는 눈을 거의 감은 채로 글을 썼다. 눈을 뜨면 빛이 눈에 들어올까봐 두려웠다. (…) 때로는 눈을 종이 멀리로 돌린 채 보지 않고 글을 썼다." 눈이 데는 듯 시려서 자기가 쓰는 글을 볼 수 없는 상태로, 멜빌은 에이해브와 흰 고래의 만남을 향해 나아갔다.

10

돛대 꼭대기에서 바라본 광경

성서에 나오는 이스마엘은 아브라함의 서자로, 자기 어머니인 몸종 하갈과 함께 아버지 집에서 쫓겨나 광야를 떠돌게 되었다. 『모비 딕』의 이슈메일은 어떤 알 수 없는 애달픈 상실을 겪었고 이제 물 위를 방랑한다.

이슈메일 혼자만 그런 것은 아니다. 35장 「돛대 꼭대기」에서 이슈메일이 말하듯 19세기 포경선은 “공상적이고 우울하고 넋 빠진 젊은이들의 도피처가 되었다. 팍팍한 현실의 근심에 질려 타르와 고래기름에서 정취를 찾는 이들이다”. 삶의 의미를 찾고자 하는 에이해브의 영혼을 불태우는 절박한 추구와는 정반대로, 이슈메일이나 미국 출신 선원들은 우주 속에 함몰되는 데 더 관심이 있다. 철학적 진리를 좇는 태평한 탐구자들이 가장 좋아하는 자리는 맑고 화창한 날 태평양 위 돛대 꼭대기다.

이슈메일은 이렇게 말한다. "고요한 갑판 위 30미터 높이에 서서 돛대를 거대한 죽마 삼아 깊은 바다 위를 걷는다. 저 아래 다리 사이로 바다의 거대한 괴물들이 헤엄쳐 지나간다. 고대 로도스 거상의 발 사이로 배들이 지나갔던 것처럼. 거기 일렁이는 파도 말고는 아무 움직임도 없는 망망한 바다에서 넋을 잃고 서 있다. 잠에 빠진 배는 께느른하게 흔들린다. 나른한 무역풍이 불어온다. 모든 것이 사람을 권태로 몰고 간다."

그러나 이 유혹적인 함몰감에는 위험이 도사리고 있다. 삶에 대해 좋게 느낀다고 해서 삶이 좋은 것이 되지는 않듯이. 이슈메일이 계속 말한다. "그렇지만 잠든 동안, 이런 꿈을 꾸는 동안, 손이나 발을 슬쩍 움직이거나 움켜쥐었던 손을 잠시 놓아보면, 네 위치가 다시 공포로 느껴질 것이다. 너는 데카르트적 소용돌이 위에 떠 있다. 그리고 어쩌면 정오 무렵 아주 맑은 날에, 반쯤 억눌린 외마디 비명을 지르며 투명한 공기를 가르고 여름 바다에 빠져 다시는 떠오르지 않을 수도 있다. 부디 조심하라, 범신론자여!"

에이해브가 뒷갑판에 등장하자 모든 게 달라진다. 이슈메일은 우주와 합일되는 게 아니라 선장의 편집광적 추적과 하나가 된다. 이슈메일이 지성이 있다고 자부하는 사람일지라도 에이해브의 압도적 카리스마 앞에서는 지성이고 뭐고 흔적도 없이 사라지고 만다. "나도 다른 선원들과 맹세를 함께 했다"라고 이슈메일이 시인한다. "격하고 불가사의한 동조감을 느꼈다. 에이해브의 불타오르는 원한이 내 것처럼 느껴졌다."

그러나 이슈메일은 에이해브의 세계관에 전적으로 굴복하지는 않았다고 주장한다. 에이해브의 모비 딕 사냥은 증오를 바탕으로 한다. "그는 아담 이래 인류 전체가 느낀 분노와 증오의 총합을 고래의 흰 혹 위에 쌓아올렸다. 그러고 마치 자기 가슴이 대포라도 되는 듯 뜨거운 심장을 포탄 삼아 고래를 향해 폭발시켰다." 그러나 이슈메일은 고래에게 화가 나기보다는 두려움을 느낀다. 예술적으로 민감하고 본질적으로 낭만적인 기질에 걸맞게 이슈메일은 모비 딕의 크기나 힘이 아니라 독특한 색 때문에 겁에 질린다. "무엇보다도 나를 오싹하게 만든 것은 고래의 흰색이었다."

42장 「고래의 흰색」에서 이어지는 내용은 「낸터킷」 장과 정반대다. 수사적 고양이 아니라 철저하고 완전한 고갈이다. 이슈메일은 흰색은 "세계의 악마성"을 상기시킨다고 말한다. "우주의 무정한 공허함과 광막함을 그림자처럼 보여주고, 그리하여 소멸에 대한 생각으로 우리의 등을 찌른다." 흰색은

"공허한 공백이자 의미로 가득하고 (…) 색이 없지만 모든 색이 합해진 무신론이다". 심지어 고래의 흰색은 눈에 보이는 세계 전체, 아름다움과 사랑의 세계 전부가 허위임을 보여준다고 한다. "노을 진 하늘과 숲의 달콤한 색채, 금박 입힌 벨벳 같은 나비의 날개, 어린 여자아이의 나비처럼 부드러운 뺨, 이 모든 것이 미묘한 속임수이고 내재된 본질이 아니라 겉에 입힌 거죽일 뿐이다. 신격화된 자연은 매춘부처럼 유혹적 치장을 하지만 그 속에 가린 것은 다름 아닌 납골당이다. (…) 이런 것들을 생각하면 중풍에 걸린 우주가 문둥병자처럼 누워 있는 것이나 다름없다. (…) 이 모든 것의 상징이 흰 고래다. 맹렬한 추적이 이해가 가지 않는가?"

이 장에서 이슈메일은 믿음, 용기, 자신감을 잃는다. 그는 돛대 꼭대기의 솟구쳐오르는 높이로부터 에이해브의 철로 새겨진 분노의 길로, 피쿼드호의 다른 모든 이들처럼 속절없이 끌려 내려온다.

이슈메일의 변화는 멜빌이 『모비 딕』을 쓰고 있을 때 미국 북부에서 일어난 일의 그림자다. 1850년 가을과 1851년 겨울 동안에 보스턴은 도망노예법을 둘러싼 분노의 진원지였고, 멜빌의 장인 레뮤얼 쇼는 원하지 않으면서도 그 중심에 있게 되었다. 쇼는 노예제를 혐오했지만 자기 나라와 법을 사랑하기도 했고 그걸 지키는 게 자신의 의무라고 봤다. 그래서 쇼는 보스턴으로 도망친 노예를 남부 사냥꾼에게 넘겨주어야 한다는 판결을 내렸다. 폭동과 혼란이 계속되었고 사람들은 쇼의 허수아비를 만들어 교수형에 처했다. 자기네 돛대 꼭대기에서 안전하게 남부를 관망하던 뉴잉글랜드 신사들이 마침내 노예제의 치명적인 소용돌이 속으로 말려든 것이다. 어떻게 할 것인가?

당연하게도, 아무것도 할 수 없었다. 스타벅도 알게 되듯 아무리 긍정적인 세계관을 가진 좋은 사람이라도 모든 사람들의 내면에 있는 공포와 증오를 먹고 달리는 에이해브 같은 불가항력을 막을 수는 없다. 스타벅은 이렇게 한탄한다. "내 영혼이 밀렸다. 내 영혼이 압도되었다. 미친 자에게!" 스타벅과 마찬가지로 1850년대 미국의 지도자들은 전조등 불빛을 마주한 사슴처럼 멍하게 서로를 보고 있을 수밖에 없었다. 그러는 동안 거짓말에 발이 묶인 위대하고 고귀한 나라 미국은 서서히 그러나 필연적으로 불화의 근원과 맞부딪치는 대격변을 향해 나아갔다.

11

바다

미국인들은 황무지를 좋아한다. 꿈이 손짓해 부르는 텅 빈 공간, 함몰될 수 있는 미지의 땅, 갔다가 몇 년 뒤에는 원숙하고 초췌하고 부유해져서 돌아올 수 있는 곳. 미국인들은 보통 서부를 기회의 땅이라고 생각하지만 멜빌은 "영원한 미개척지"인 바다가 원조 황무지임을 알았다. 지구의 육지는 한 뼘도 빼놓지 않고 측량되고 지도로 그려진 지 오래인 오늘날에도 바다에서 사람이 탐사한 부분은 일부에 불과하다. 1850년대에 멜빌은 "콜럼버스는 서쪽 표면에 있는 땅 하나를 찾자고 무수한 미지의 세계를 지나쳐 갔다"고 했다.

오늘날 미국 서부는 도시, 교외, 유령 도시, 국립공원으로 이루어져 있다. 문명화되었다는 말이다. 바다는 그렇지 않다.

"젖먹이나 다름없는 인간이 제아무리 학문과 기술을 떠벌리고," 이슈메일이 음울하게 말한다. "우호적인 미래에 학문과 기술이 얼마나 진보하건 간에, 언제까지고 영원히, 세상의 종말이 올 때까지 바다는 인간을 모욕하고 살해하고 아무리 위풍당당하고 튼튼한 함선을 만들더라도 가루로 만들어버릴 것이다. 그럼에도 진보한다는 느낌이 계속 반복되면서 인간은 바다의 원초적인 완전한 공포감에 대한 감각을 잃어버렸다." 「낸터킷」 장에 나온 바다와는 다르다. 이 바다는 에식스호의 재앙이 일어난 비정한 바다다. "오직 자신의 자비, 자신의 힘만으로 바다는 스스로를 다스린다." 이슈메일이 말한다. "주인 없는 대양이 지구를 뒤덮고 압도한다. (…) 바다는 스스로를 잡아먹는다. 바다의 모든 짐승들은 서로를 잡아먹으며 천지개벽 이래 끝나지 않는 전쟁을 벌인다."

바다의 위험을 고려했을 때 사람이 할 수 있는 가장 현명한 일은 에식스호 선원들이 그토록 두려워했던 폴리네시아의 섬으로 가서 어떻게든 거기에 남아 있는 일일 것이다. "이 무시무시한 바다가 푸른 육지를 둘러싸고 있듯이, 인간의 영혼 안에는 평화와 기쁨이 가득하지만 미지의 생명체가 주는 공포에 에워싸인 타히티섬이 있는 셈이다. 이 섬을 떠나지 말지어다, 다시는 돌아올 수 없을 테니!"

이슈메일이 말하는 남태평양의 "타히티섬"은 1960년대의 방사성 낙진 대피용 방공호와 같은 것이다. 방사능이건 바다 생명체건 "미지의 생명체가 주는 공포"로부터 숨을 수 있는 피난처다. 1850년대 미국도 냉전시대와 비슷했을 것이다. 이 시대에나 저 시대에나 사람들은 재앙이 임박했다고 확신하며 살았다. 1960년대에는 핵폭탄을 무사히 피했지만, 21세기는 재정적·환경적 재앙, 테러로 인한 재앙을 눈앞에 두었다는 생각이 점점 더 강해진다. 결국 우리는 아직도 바다 앞에서 속수무책이다.

12

천국이 존재하는가?

이 삶에서 사랑하고 일하고 행복해한다는 것은, 우리와 우리가 사랑하는 이들을 기다리고 있는 것이 무엇인지 생각하지 않는다는 의미다. 이 세상에서의 쇠락과 죽음 말이다. 인간 존재는 필연적으로 끝이 나며 언제라도 그렇게 될 수 있다는 깨달음이 인간으로 살아가는 일의 저주다. 이 진실을 인지하고 절실하게 내면화한다면, 에이해브처럼 미치게 된다.

죽음에 대해 거의, 혹은 전혀 생각하지 않는 사람들도 있다. 어쩔 수 없는 일이라면 무엇 때문에 걱정하느냐는 것이다. 멜빌은 달랐다. 호손에게 보낸 편지나 평생 쓴 글들을 살펴보면 내내 죽음을 생각했던 것 같다. 죽음이 끝이라는 생각, 죽으면 완전히 전적으로 소멸된다는 생각을 멜빌은 쉽게 받아들일 수 없었다. 멜빌은 천국이 존재한다는 것을 기필코 알아야 했다.

책 첫머리에서 이슈메일은 이곳 지상에서 무슨 일이 벌어지건 간에 영원이 자기를 기다린다는 확신에 차 있다. 육신은 고래에게 으스러질지라도, 하느님이라 해도 자신의 불멸의 영혼을 부서뜨릴 수는 없다고 한다. 그렇지만 피쿼드호가 출항도 하기 전에 벌써 정말 그런지 의문을 품기 시작했다. 그리하여 이것이 『모비 딕』 전체를 사로잡는 주제가 된다. 천국이 존재하는가?

그러다가 이슈메일은 농담하듯이 고래의 도움을 받아 이 질문에 최종적인 해답을 내놓겠다고 말한다. "함선의 닻을 굴레로 삼고 작살 무더기를 박차 삼아 저 고래 등에 올라타 하늘 꼭대기로 솟아오를 수 있다면, 인간의 눈으로 볼 수 없는 저멀리 정말 천막이 줄줄이 늘어선 천국이 전설처럼 있는지 볼 수 있겠지!"

책 뒤쪽에서 멜빌은 에이해브의 망가진 고래뼈 다리를 다시 만들기 위해 불려온 배의 목수를 통해서 천국이 없는 세상에 대한 잊히지 않는 묘사를 한다. 목수는 지성의 불꽃이나 인간적 따스함 등이 전혀 없는 실존적 무無다. 그저 살아 있을 뿐이다. 목수는 신이 없는 세상을 보여주는 사람이다. 목수의 "몰개성적 둔감함이 (…) 눈에 보이는 세상 전체에서 볼 수 있는 보편적 둔감함과 하나로 합해져 보였다". 이슈메일은 이어 이렇게 말한다. "여기에 사방으로 가지를 뻗은 무정함도 함께 있는 듯했다. (…) 현세나 내세 어느 것에 대해서도 고민하고 관련을 맺고 살지 않아 (…) 그에게 뇌가 있었더라도, 진즉에 손가락 근육 안으로 스며들어가버린 듯했다."

에이해브는 이 목수에게 의존해야 한다는 것에 분개한다. 에이해브는 고통에 차 이렇게 중얼거린다. "나를 좀 보게. 그리스 신처럼 자부심 높지만 뼈다귀를 디디고 서려고 이 돌대가리한테 계속 기대고 살아야 하다니!" 아무리 모든 세속적 동물적인 것을 초월하려고 해도 결국 에이해브는 다른 사람의 도움을 필요로 하는 외다리 늙은이일 뿐이다.

멜빌도 그랬다. 충족되지 않는 야망을 가진 작가지만, 자기 책을 출간하고 읽어줄 평범한 사람들에게 의존할 수밖에 없었다. "내가 가장 쓰고 싶은 것은, 금지되어 있습니다—돈이 안 된다고요." 멜빌이 호손에게 한탄했다. "그렇지만 다른 방식으로는 쓸 수가 없어요. 그래서 최종 결과물은 잡탕이고, 내 책들은 전부 망작입니다. (…) 본질적으로 생명이 이렇게 짧은 현대의 책을 정교히 다듬는다는 게 무슨 의미가 있습니까?" 그렇지만 출간된 지 150년이 지난 오늘날에도 우리는 여전히 『모비 딕』을 읽는다. 멜빌은 죽은 뒤에 약속의 땅에 도달한 셈이다. 멜빌은 우리의 문학적 신전에 모셔진

신이다.

1851년 여름, 고래잡이 소설을 마무리하려고 애쓰며 멜빌은 감히 자기와 호손이 작가들의 천국에 함께 있는 상상을 해본다. 함께 "단둘이 있을 수 있는 작은 그늘을" 찾아 샴페인이 든 바구니를 가지고 가서 "영원한 여름인 천상의 풀밭 위에 천상의 다리를 서로 엮고 우리 잔과 머리를 맞부딪혀 소리를 맞추어 아름답게 울릴 것이다"라고 했다. 그러고는 과거의 삶을 회상하면서 "'아, 세상이라는 저 희한한 작은 구멍에 살던 때'라든가 '아, 저 아래에서 땀 흘리며 고생했던 때', '아, 싸움에 져서 쓰러지고 또 쓰러지던 때'" 같은 제목의 "유머러스하고 재미난 노래"를 함께 지을 터였다. 멜빌은 자신의 불확실한 신앙 밖으로 나와 불가지론자로서 글을 쓰며 절박하게 갈구하지만 존재한다고 확신할 수 없는 환상을 묘사한다. 그것은 멜빌의 여러 갈망에서 비롯된 천국이다. 죽은 아버지를 그리워하는 열두 살 아이의, 명성을 바라는 작가의, 친구를 갈구하는 중년에 가까운 남자의 갈망. 그것은 우리 모두가 품은 갈망이며 『모비 딕』의 책장마다 담겨 있는 갈망이다.

13

강력하고, 난잡한 책

호손이 『모비 딕』 완성에 많은 영향을 미치긴 했지만 이 책의 진정한 시작점은 1849년 2월 멜빌이 큰 활자판 셰익스피어 희곡집을 구입했을 때였다. 『모비 딕』을 쓰는 동안 엄청나게 시리게 된 눈이 이때부터 이미 말썽이었다. 멜빌은 큰 활자로 인쇄된 셰익스피어 작품집을 손에 넣고 친구에게 편지로 이렇게 말했다. "이 멋진 판본을 우연히 구해서, 지금 환호하며 한 장 한 장 넘기고 있네."

멜빌의 사례는 고전을 나중에 읽는 것이 어떤 면에서 현명하다는 것을 보여준다. 삶의 경험을 쌓은 뒤에 자발적으로 위대한 책을 접하면 그렇지 않은 경우와 큰 차이가 있을 수 있다. 멜빌에게는 최적의 때였다. 일곱 권으로 된 셰익스피어

희곡집의 마지막 권 면지에는 멜빌이 『모비 딕』을 쓰는 도중에 에이해브, 핍 등 인물들에 대해 간략히 적어놓은 메모가 있다.

멜빌은 셰익스피어에게 압도되지 않았고 자기가 감히 셰익스피어를 능가할 수 있지 않을까 생각했다. 엘리자베스시대 영국 사회의 제약 때문에 셰익스피어는 자신이 어디까지 드러낼 수 있을지 신중한 태도를 취해야 했다. 그래서 멜빌은 "셰익스피어의 무덤 안에는 셰익스피어가 쓴 것보다 무한히 많은 것이 묻혀 있다"고 썼다. 자기 시대에도 작가에게 시대의 제약이 미친다는 것은 인식했지만, 그는 19세기 중반의 미국인이라는 이점 덕에 셰익스피어가 달성한 예술적 성취보다 한층 더 높은 곳에 다다를 수 있지 않을까 하는 생각을 했다. 멜빌이 다이킹크에게 보낸 편지다. "셰익스피어조차도 철저히 솔직하지는 못했다면, 이 아량 없는 우주에서 누가 그럴 수 있겠나? 하지만 독립 선언 때문에 달라질 수 있지."

셰익스피어가 『모비 딕』에 비판적 영향을 미쳤고, 또 멜빌이 젊은 시절 태평양에서 한 경험의 프리즘을 통해 다시 상상한 성서도 이 작품에 영향을 미쳤다. 멜빌은 당대의 문제들을 붙들고 씨름했지만, 그럼에도 구약성서와 이교적이고 이국적인 정취가 뒤섞인 열정과 경이가 멜빌의 산문에 물들어 있다. 이를테면 뉴베드퍼드 선원 예배당에서 매플 신부가 요나에 대한 설교를 한다. 요나는 도망노예법 아래 미국의 탈주 노예처럼, 하느님의 전지전능한 시선을 피해 도망가려 하지만 좌절된다. 매플 신부는 이렇게 설교한다. "이 세상에서, 여비가 있는 죄인은 여권 없이도 자유롭게 돌아다닙니다. 그러나 가난뱅이 선인善人은 국경에서 번번이 가로막힙니다."

『모비 딕』의 서사에는 미국의 형이상학적 청사진이 담겨 있다. 거의 내내 바다에서 벌어지는 이야기지만 효과적인 비유와 은유를 집어넣어 1850년대 미국의 풍광과 정서를 담아냈다. 에이해브의 힘센 노잡이 다섯 명이 고래를 쫓아 노를 저어 갈 때는 "미시시피 증기선의 수평 분출 보일러처럼 물길을 헤치며 배를 몰았다". 피쿼드호 선원들은 고래를 토막낸 다음에 도르래 바퀴를 이용해 "미시간 황소가 원시림에서 늙은 참나무 그루터기를 뽑아내듯이 이빨을 뽑아낸다". 향유고래의 잘린 머리가 다시 바다로 떨어지는 사고가 일어났을 때, 고래 머리는 "나이아가라의 암반이 소용돌이 속으로 떨어질 때처럼 우렛소리를 내며 떨어졌다". 엄청난 향유고래 떼에서 솟아오르는 "빽빽한 덩굴 같은 흰 연무"는 "온화한 가을 아침에 말을 타고 언덕 위에 오른 사람이 밀도 높은 대도시의 굴뚝 수천 개를 바라볼 때와 같은 모습"이었다. 우리는 에이해브 선장과 함께 피쿼드호의 갑판 위에 서 있지만, 그러면서 미국 내륙에서 흔히 볼 수 있는 특유의 풍경들도 보고 있는 것이다.

『모비 딕』의 주제가 암울하고 불길할 때가 많지만 그래도 멜빌은 이 책을 쓰면서 꽤나 즐거웠던 것 같다. 멜빌이 농담조로 이 소설의 대담한 규모를 선언하는 것을 들어보라. "나에게 콘도르의 깃털로 만든 펜을 달라! 베수비오 화산 분화구를 잉크병으로 쓰게 달라! 친구들이여, 내 팔을 붙들어라! 리바이어던•에 대한 생각을 적어 내려가는 일만으로 나는 지쳐 정신을 잃을 것 같다. 과학의 모든 분야, 고래 · 인간 · 거대 괴물의 모든 세대, 과거 · 현재 그리고 앞날, 지상 모든 제국의 흥망성쇠, 우주 전체와 그 주변부까지 아우를 수 있을 있을 듯한 광범위한 규모에 아찔해진다. 거대하고 통 큰 주제의 미덕은 이렇듯 방대한 규모로 사람을 확장한다는 것이다. 우리도 그만 한 크기로 팽창한다. 웅장한 책을 쓰려면 웅장한 주제를 골라야 한다. 벼룩을 주제로 위대하고 영구한 책을 쓸 수는 없다. 시도해본 사람은 있었겠지만 아무도 성공하지 못했을 것이다." 『모비 딕』은 진정한 서사시다. 창조 신화, 복수 설화, 민간전설, 창조하고 또 파괴하고자 하는 상충하는 충동을 엮어 이 모든 것을 지구의 광대한 대양을 배경으로 펼치며, 미국의 강력한 원형을 거의 전부 구현했다.

• 성서에 나오는 거대한 바다 괴수로, 여기에서는 고래를 가리킨다.

이 책이 또 놀라운 점은 마구잡이로 쓴 글처럼 보인다는 것이다. 멜빌은 생물학, 역사, 미술 비평 등 온갖 것에 대한 장을 끼워넣었는데 아무거나 무작위로 넣은 것 같기도 하다. 이슈메일은 화자이지만 멜빌은 때로 이슈메일에게 전지적 작가 시점을 부여하기도 한다. 이른바 소설 작법을 위반한 것이지만, 아무도 뭐라고 하지 않는다. 이 책에는, 특히 「고래학」이라는 제목의 장에는 어디에서도 볼 수 없을 재미있는 패러디가 들어 있다. 여기에서 멜빌은 자신의 창작 과정을 고스란히 까발리며 우리의 삶을 통제하고 이해할 수 있는 개체로 분류하고 수량화하려는 시도가 얼마나 어리석은지를 드러낸다. 이슈메일은 이렇게 이야기한다. "고래에 대해 제대로 된 지식은 거의 없지만, 고래에 대한 책은 넘쳐난다." 이슈메일은 우스꽝스러울 정도로 복잡한 고래 분류 체계를 만들어내지만 끝끝내 이 체계에 맞지 않는 몇 종이 남는다. 이슈메일은 분류할 수 없는 고래들을 "리바이어더니즘으로 가득하지만 아무 의미도 없다"고 옆으로 치워버린다. 멜빌의 책처럼 이슈메일의 "고래학 체계"는 완성될 수가 없다. 이슈메일은 이렇게 선언한다. "작은 건축물은 최초의 건축가가 완성할 수 있을지라도 장대한 건축물, 진정한 건축물은 마지막 갓돌을 놓는 일을 후대에 남기는 법이다. 신이여 제가 아무것도 완성하지 못하도록 해주소서! 이 책도 초고일 뿐—아니, 초고의 초고일 뿐입니다. 아, 시간과 힘과 돈과 인내를 주소서!"

이 책의 시작 부분도 장대한 잡동사니다. 사람들의 예상과 다르게 『모비 딕』은 이슈메일로부터 시작하는 게 아니라 「어원」으로 시작한다. "폐병으로 세상을 뜬 중등학교 조교사"가 수집했다고 하는 모호한 인용구와 고래의 번역어를 기록한 장이다. 그것으로도 부족했는지 멜빌은 「어원」 뒤에 「발췌록」을 덧붙이는데, 고래와 관련된 구절들을 모아 끝없이 나열한 것이 펭귄 출판사 판으로 열세 쪽이나 된다. 멜빌은 처음부터 학식과 재치로 독자들에게 도전한다. 독자들이 마침내 1장에 도달했을 때에는 앞으로 참으로 가장 별스럽고 힘겨운 여정이 펼쳐지리라는 걸 짐작했을 것이다.

소설을 읽다보면 불가피하게 조급한 마음이 생겨나, 빨리 뒤로 넘어가고 싶고 관련이 없어 보이는 부분이 자꾸 나오면 건너뛰어서 에이해브와 피쿼드호에 어떤 일이 일어나는지 알고 싶은 생각이 든다. 사실 소설이 줄거리를 내팽개치고 인물들 전부를 흔적도 없이 지워버리는 지경에 이르면 제멋대로 뒤죽박죽 아무렇게나 쓴 소설이 아닌가 하는 의문이 들 것이다. 그렇지만 멜빌은 덜컹거리는 작품을 가지고 삶이란 이렇게 변덕스럽고 투박하다는 것을 전달한다. 이슈메일은 "신중한 난잡함이 진정한 방법이다"라고 일러준다.

나는 『모비 딕』을 보면 우리 할아버지 할머니가 1970년대에 탔던 올즈모빌이 떠오른다. 아주 커다란 세단인데 핸들이 느슨해서 고속도로에서 똑바로 가려면 핸들을 계속 이리저리로 조정해야 하는 차다. 멜빌의 소설은 이렇듯 이리저리 흔들리는 거대한 자동차고, 서사가 멜빌의 변덕스러운 충동을 따라 태평양으로 나아가려면 각 장의 엉뚱한 결론이 다시 궤도를 수정해 제자리로 돌아와야 한다. 이리 빠지고 저리 빠지고 하면서도 흰 고래를 향해 우리를 계속 몰아가는 이 소설의 가파른 가속도를 보면 경이로울 뿐이다.

14

단호한 현실

호손은 1850년 8월 멜빌을 만나고 몇 주 만에 이 젊은 작가의 최근작 두 권, 『레드번Redburn』과 『흰 재킷White-Jacket』을 구했다. 두 권 다 멜빌이 바다에서 직접 경험한 일들을 바탕으로 쓴 소설이었다. 『레드번』은 멜빌의 첫번째 항해, 그가 뉴욕과 리버풀 왕복 항해에 일반 선원으로 복무했을 때의 일을 가공한 것이고, 『흰 재킷』은 하와이에서 보스턴까지 해군 프리깃함으로 항해했을 때의 일이다. 호손의 아내 소피아는 이버트 다이킹크에게 호손이 이 소설들을 "헛간에 새로 들여놓은 짚단 위에서 읽었다"고 전했다. "기분좋게 좋은 책을 훑어볼 수 있는 장소예요." 호손도 다이킹크에게 편지를 보내 멜빌의 작품이 "점점 더 좋아 보인다"고 말했다. "자기 앞의 현실을 그만큼 단호하게 독자들에게 전하는 작가는 없을 겁니다"라고 썼다.

멜빌의 최대 장점(이따금 자기가 "존재론적인 과장"이라고 부른 것에 에이해브처럼 몰두하다보면 사라지고 마는 장점)은 특정 순간에 살아가는 현실을 거의 기자처럼 기록할 수 있는 능력이었다. 『모비 딕』을 읽으면 우리는 19세기에 고래잡이 선원으로 사는 게 어떤 것인지 날것 그대로의 감정과 감각으로 느낄 수 있다. "자술서"라는 이름이 붙은 장에서 멜빌은 자기가 묘사하는 사건이 실제로 일어났을 수 있음을 분명히 밝힌다. 포경업의 현실은 소설가가 만들어낼 수 있는 것 이상으로 놀랍다고 멜빌은 주장한다. "육지 사람은 눈에 빤히 보이고 명명백백한 세계의 경이에 대해서도 대체로 너무나 무지해서 어업의 역사 따위의 자명한 사실을 넌지시 일러주지 않으면 모비 딕 이야기를 괴물이 나오는 우화나 더 심하게는 혐오스럽고 극악한 알레고리로 치부해버리고 만다."

이슈메일은 "향유고래가 이따금 드러내는 엄청난 힘과 악의"의 사례로 에식스호 이야기를 비롯해 몇몇 역사적 사례를 든다. 고래가 피쿼드호의 배 목수와 다르다는 것은 분명하다. 고래는 수동적이고 둔감한 존재와는 거리가 멀다. 거대하기만 한 게 아니라 사람처럼 교활한 두뇌로 사고한다.

이슈메일은 포경보트처럼 자그마한 배가 대양의 거대한

너울을 헤쳐나가는 신기한 모습도 묘사한다. "느닷없이 물이 만드는 골짜기 깊숙이 고꾸라졌다가, 세게 박차를 가하고 배를 몰면 맞은편 물마루로 올라섰다가, 그 너머로 곤두박질치듯 썰매처럼 미끄러져 내린다—그러는 동안 지휘자들과 작살잡이들이 소리를 지르고 노잡이들이 부들부들 떨며 숨을 헐떡인다. (…) 이 모든 것이 전율을 일으켰다." 그다음에는 고래가 더더욱 신기한 장관을 연출하며 바닷속으로 들어간다. "괴물이 꼬리를 10미터 높이 공중으로 곧추세우더니 탑이 물속으로 가라앉듯 시야에서 사라졌다."

61장 「스터브가 고래를 죽이다」에 삽입된 장면보다 더 고래의 죽음을 아름답고도 무시무시하게 그린 장면은 없다. 이등 항해사 스터브는 앞으로 돌진하는 포경보트의 뱃머리에 서서 창으로 신나게 고래의 "목숨"을 쑤셔 마침내 거대한 짐승이 서서히 죽게 만든다. "고통에 찬 몸뚱이가 짠물이 아니라 핏속에서 몸부림쳤다. 고래와 배가 지나간 자리에 생긴 골에서 피가 부글거리며 들끓었다. 기우는 햇빛이 바다 위 붉은 못에 반사돼 사람들 얼굴을 붉은빛으로 물들였다. 그래서 다들 적색 인종처럼 불콰한 얼굴이었다." 고래는 단말마의 발작을 일으킨다. "발작적으로 분수공을 풀었다 조였다 하며 날카롭고 갈라진 고통스러운 숨을 내뱉었다. 마침내 붉은 포도주의 자줏빛 찌꺼기 같은 핏덩어리를 울컥불컥 내뿜더니 공포가 감도는 대기 중으로 솟아올랐다. 다시 떨어져서는 움직이지 않고 옆으로 누운 채 바닷속으로 잠겼다. (…) 스터브는 [파이프의] 재를 물 위에 뿌렸다. 그러고는 한순간 생각에 잠긴 듯 자기가 만든 거대한 시신을 보고 있었다."

멜빌은 고래의 해부학적 구조를 세세히 설명하면서 조심스럽고 꼼꼼하게 독자들을 소설의 절정에 대비시킨다. 「공성퇴攻城槌」라는 제목의 장에서 이슈메일은 향유고래의 바윗덩이 모양 대가리의 "옹골찬 침착함"을 분석한다. "꽉 막힌 빈틈없는 벽이다. (…) 뼈가 없는 거대한 덩어리로 (…) 향유고래의 이마는 말발굽으로 다진 것 같다. 거기에는 아무 감각도 없을 것이다". 신비로운 무감함의 "뭉치"를 설명하고 난 다음에는 고래의 작고 속눈썹 없는 눈의 묘사가 이어진다. "어린 망아지 눈 같다. 웅대한 머리와 전혀 비례가 안 맞는다." 분수공은 "고래의 머리 꼭대기에 움푹 들어가 있어" "고요한 날 정오 바다에서 조용히 헤엄치며 툭 튀어나온 혹을 사막의 단봉낙타처럼 햇빛에 말릴 때에도 고래 머리 꼭대기에는 조그만 물웅덩이가 남아 있다. 해가 이글거릴 때에도 바위 위 움푹 들어간 자리에 빗물이 고여 있는 것과 마찬가지다". 고래 꼬리는 "서로 뭉친 힘줄이 촘촘히 엉킨 것이다. (…) 근섬유가 씨실과 날실처럼 엮여 있다. (…) 그래서 고래 전체의 측정할 수 없이 강력한 힘이 꼬리에서 한 점으로 합쳐지는 듯하다. 물질의 소멸이 일어날 수 있다면, 바로 여기에서 일어날 것이다. (…) 고래 꼬리는 거대한 힘 속에서 어린애 같은 태평함이 물결치는 지점이다".

『모비 딕』을 읽는다는 것은 포경선에서 여러 해 동안 강렬한 경험을 하고, 자기가 본 것 전부를 마음에 새기고, 7년쯤 더 지나 셰익스피어, 호손, 성서 등등을 읽고 흡수한 다음, 젊은 시절의 경험을 앞날에 공표할 목소리와 방식을 찾아낸 작가를 마주하는 일이다. 결국 바로 여기에서 『모비 딕』이라는 소설의 위대하고 탁월한 힘이 나온다. 그 힘은 그 자리에 있었을 뿐 아니라 자기가 보는 것의 경이를 제대로 음미할 수 있는 포용력 있고 감수성 예민한 영혼을 가진 작가에게서 나온 것이다. 어느 시점에 이슈메일은 우리더러 향유고래의 장대한 머리를 보라고 한다. "그것을 보고 있으면 (…) 자연의 어느 무엇을 볼 때보다도 더욱 강력하게 신성神性과 그 가공할 힘을 느낀다. (…) 만약 앞날에 고도의 문명을 이룬 어떤 시적인 나라가 고대의 유쾌한 오월제의 신들을 되살려, 오늘날 일신이 지배하는 하늘, 신들이 사라진 언덕에서 다시 왕좌에 올린다면, 틀림없이 거대한 향유고래가 주피터처럼 지고의 자리에 군림할 것이다."

소설의 3분의 2 지점을 지나고 나면 독자들은 고래의 해부학적 구조와 고래잡이의 세부적인 내용을 낱낱이 알게 된다. 또 경외감을 불러일으키는 고래의 신비와 아름다움도 알 수 있게 된다. 이제 멜빌은 에이해브와 모비 딕의 최종 대결을 당당하게 구체적으로 묘사할 수 있다. 이런 과정을 거치지 않았다면 신빙성이 없고 과장되었다고 느껴졌을 최후의 대결이 그래서 놀라울 정도로 사실적으로 보인다.

15
시

『모비 딕』은 소설이지만 시집이라고도 할 수 있다. 멜빌의 문장이 어찌나 아름다운지, 단어들을 소리 내어 읽고 또 읽고 운율과 교묘하게 숨겨진 각운, 자음과 모음을 다루는 기적 같은 방법을 느끼다보면 한 장을 읽는 데 5분이 넘게 걸리기도 한다. 예를 들어 51장「유령의 물줄기」에 나오는 이 구절을 보자. 세인트헬레나섬 남쪽에 있는 피쿼드호의 모습을 그린다. "달이 빛나는 어느 고요한 밤, 파도가 은빛 두루마리처럼 넘실거리던 밤에 이 바다를 지날 때였다. 물살에서 부드럽게 퍼지는 물거품이 고독과는 또다른 은빛 고요를 만들어냈다. 이 적막한 밤에 뱃머리의 흰 물거품 한참 앞쪽에서 은빛 물줄기가 보였다. 달빛을 받아 빛나자 마치 천상의 것인 듯했다. 날개를 단 빛나는 신이 바다에서 솟아오르는 것 같았다."

화려하고 멋들어진 단어를 쓴다고 좋은 시가 되는 것은 아니다. 좋은 시는 새로운 세계를 여는 상징적이고 신선한 장면을 만들어낸다. 피쿼드호가 포경선 알바트로스호를 만났을 때 돛대 꼭대기에 있는 선원들은 공중에서 서로 스쳐 지나간다. "그들은 돛대에 못박힌 쇠고리에 선 채 바닥 모를 바다 위에서 이리저리 흔들렸다. 그 배가 천천히 우리 배 고물 쪽으로 다가와 스쳐지나갈 때 공중에 매달린 망꾼 여섯 명은 한 배의 돛대 꼭대기에서 다른 배 꼭대기로 뛸 수 있을 정도로 가까워졌다. 그렇지만 쓸쓸해 보이는 건너편 고기잡이들은 우리에게 눈을 고정하고 지나가면서도 우리 망꾼들에게 한마디도 하지 않았다. 아래 선미 갑판에서는 소리쳐 부르는 소리가 들렸다."

좋은 시는 또 아주 평범한 경험에 주의를 기울이기도 한다. 나는 추운 겨울밤 잠자리에 들 때마다 11장 「잠옷」에 나오는 이슈메일의 서정적인 독백을 떠올린다. 불기 없는 방에서 자는 게 뭐가 좋은지 이야기하는 부분이다. 아주 실질적인 조언도 해주면서, 조용한 충격을 주는 하이쿠 같은 글로 육체적 감각의 시학을 펼친다. 이슈메일은 이렇게 말한다. "몸의 온기를 즐기려면 몸의 일부분은 추워야 한다. 이 세상의 모든 특성은 오로지 대립에 의해서만 존재하기 때문이다.

그 자체로 존재하는 것은 없다. 온몸이 편안하고 오래전부터 늘 그래왔다 자신하는 사람이라면 사실상 더이상 편안하다고 말할 수가 없는 것이다. 하지만 코끝이나 정수리가 살짝 춥다면, 전체적인 의식 속에서 아주 기분좋게 확실히 따뜻하다고 느낄 것이다. 그래서 침실에는 불을 놓으면 안 된다. 침실 난방은 부자들이 누리는 호사스러운 불편 가운데 하나다. 이런 즐거움을 최대로 느끼려면 담요 한 장이 내 몸과 아늑함을 차가운 바깥 공기로부터 지켜주고 있어야 한다. 그러면 북극의 수정 같은 얼음 한가운데에서 따뜻하게 타오르는 불꽃처럼 누워 잠들 수 있다."

60장 「밧줄」에서 이슈메일의 시는 밧줄처럼 흔하디흔한 물건을 가지고 인간의 조건에 대한 끝없이 발전하는 은유를 뽑아낸다. 두 종류의 밧줄의 차이로 시작해서("삼줄이 거무튀튀하고 짙은 빛의 인도인이라면, 마닐라삼끈은 금발의 백인 같다"), 밧줄이 포경선을 얽는 모습을 "위험하게 뒤틀려 배 위를 복잡하게 휘감고 구불구불 엮는다"라고 묘사한다. 그러다가 고래에게 작살이 꽂혀 밧줄이 풀려나갈 때를 이야기한다("웅웅거리며 최고조로 돌아가는 증기기관 한가운데에 앉아 온갖 살대와 축과 톱니바퀴 전부에 갈리는 기분이다"). 그러고 마지막 깨달음이 온다. "사람은 누구나 고래잡이 밧줄에 감긴 채 산다. 모든 인간은 목에 올가미를 걸고 태어났다. 하지만 급박하고 급작스러운 죽음에 붙들렸을 때에야 인간은 비로소 조용하고 미묘하게 늘 곁에 있는, 떨쳐버릴 수 없는 삶의 위험을 인지한다."

85장 「분수」에서 이슈메일은 고래의 분수공을 묘사하는데 그러다가 이따금 자기 머리에서 분출되는 가상의 증기에 대한 악절이 시작된다. "내 머리 위에서 대기가 희한하게 꿈틀거리고 일렁거렸다. (…) 얇은 지붕널을 인 다락방에서 뜨거운 차 여섯 잔을 마시고 깊은 생각에 빠져 있을 때 그런 일이 일어난다." 여기에서 이 이미지는 이슈메일이 삶이라는 난제를 대할 때 필요한 자세를 깨닫게 되는 철학적 돌파구가 된다. "맑은 하늘에는 무지개가 생기지 않는다. 무지개는 수증기에서만 빛난다. 그러니 내 머릿속 흐릿한 회의의 짙은 운무 속에서도 신적인 영감이 이따금 번뜩여 안개를 천상의 빛으로 밝힌다. (…) 세속의 모든 것에 대한 회의와 천상의 것에 대한 직관, 이 조합으로 신자가 되지도 불신자가 되지도 않고 양자를 똑같은 눈으로 바라보게 된다." 이슈메일은 관대한 불가지론자일 뿐 아니라 즉흥적 언어의 마법에서 깨달음을 얻는, 기지 넘치며 심오한 시인이다.

16
상어

이등 항해사 스터브가 갓 잡은 고래를 피쿼드호의 뱃전에 붙들어 맸을 때에는 사방이 어두웠다. 이미 늦은 시간이지만 스터브는 저녁으로 고래 스테이크를 먹겠다고 한다. 스터브는 해먹에서 자던 흑인 요리사 플리스를 깨워 고래 고기 한 덩이를 요리하라고 명령한다. 스터브가 늙은 요리사에게 스테이크를 어떻게 요리해야 하는지 무자비하게 잔소리를 해대는 동안 굶주린 상어떼는 아래쪽 어두운 물속에서 식사를 즐긴다. "수천 마리의 상어가 죽은 고래 주위에 몰려들어 육중한 지방덩이를 마음껏 포식했다. 아래 선실 침상에서 자던 사람들은 상어가 선체를 꼬리로 갈기는 격렬한 소리가 자신들의 심장에서 몇 뼘 떨어지지 않은 곳에서 울려 움찔 놀라곤 했다. 뱃전 너머로 상어가

음울한 검은 물에서 뒹굴듯 뒤집어진 채로 헤엄치며 사람 머리통만큼 큼직한 살점을 커다란 공 모양으로 파내는 모습을 볼 수 있었다. (…) 상어떼가 고래에 남긴 흔적은 목수가 나사못을 박으려고 파놓은 구멍과 비슷했다."

이 충격적이면서도 매혹적인 장면에서 멜빌은 가장 점잖다고 하는 주인과 노예 사이 관계에도 잔인한 야만성이 있음을 적나라하게 드러낸다. 스터브는 물 아래의 소동이 성가시다면서 플리스에게 상어를 처리하라고 지시한다. 플리스는 과장된 사투리로 상어에게 작가 자신의 입에서 나온 듯한 지혜가 담긴 설교를 늘어놓는다. "여러분, 여러분의 탐욕을 나는 크게 나무라지 않는다. 그건 본능이니까 어쩔 수 없어. 하지만 그 못된 본성을 다스리는 게 중요해. 너희들이 상어인 건 분명하지. 하지만 몸안의 상어를 다스리면 너희도 천사가 될 수 있어. 천사라는 건 잘 길들여진 상어에 지나지 않으니까."

이게 인간에 대한 멜빌의 최종적인 생각이다. 이 생각은 40년 뒤에 중편소설 『빌리 버드Billy Budd』로 눈부시게 구현된다. 통치나 문명이 하는 일이 이 상어를 저지하는 것이다. 사람은 누구나 어느 정도의 잘못을 저지를 수 있다. 이를 다스릴 체제가 없다면 악이 창궐할 것이다.

미국 건국의 아버지들의 결코 용서할 수 없는 태만도 이런 것이었다. 그들은 노예제라는 거대한 악, 게걸스러운 상어를 제지하지 않았다. 그리하여 두 세대도 더 지난 뒤에 그들의 손자 손녀, 증손자 증손녀 대에서 그로 인한 고통을 겪어야 했다.

17
마법 같은 고요

최악의 세상에서도 삶은 계속된다. 남부 노예제의 비인간적인 야만성 속에서도, 수용소의 가혹한 고통 속에서도, 사람들은 일시적으로나마 고통과 두려움을 피할 도피처를 찾는다. 87장 「무적함대」에서 멜빌은 우리를 폭풍 속에 숨어 있는 고요한 중심으로 데려간다. 가장 처참한 상황에서도 열정과 사랑이 피어날 수 있는 곳이다. 그러지 못했으면 (힘든 일을 많이 겪어온) 인류는 이미 오래전에 소멸되고 없었을 것이다.

말레이시아 해적들을 피해 도망간 직후 피쿼드호는 거대한 고래떼를 맞닥뜨린다. 고래 일부는 공격을 당하고 있음을 알고 "공포에 질려 정신없이" 달아난다. 일부는 "기묘하게도 어찌할 바를 모르고 무력해져서" 포기하고 쉽게 잡힌다. 공포와 무기력의 혼재가 고래잡이 용어로 "쫄았다gallied"라고 하는 고래떼의 특징이다. 이슈메일은 이런 모습에도 놀라지 않고 "짐승이 아무리 어리석은 짓을 해도 인간의 광기에 비하면 아무것도 아니다"라는 것을 일깨워준다. 고래건 사람이건 우리는 누구나 어리석은 면이 있고 특히 두려움에 사로잡혔을 때에는 더더욱 그렇다.

이슈메일과 같은 포경보트에 탄 선원들이 고래에게 작살을 던지는 바람에 이들은 '쫀' 고래떼의 혼란의 도가니 속으로 점점 깊숙이 끌려간다. 마침내 "무시무시한 혼란이 가라앉는 듯했고" 그들은 "고래 떼 한복판으로 들어섰다. (…) 바다 표면이 매끄러운 비단 같았다. (…) 그렇다, 우리는 소용돌이의 한복판에 반드시 숨어 있다고 하는 마법 같은 고요 속에 있다".

호수처럼 잔잔한 이곳 안에서는 규칙이 다 바뀐다. 고래잡이와 고래가 사냥꾼과 사냥감이 아니라, 하나의 대가족의 일부 같다. "마치 무슨 마법이 갑자기 이들을 길들인 것 같았다." 이슈메일이 말한다. "퀴퀘그가 고래의 이마를 쓰다듬었다. 스타벅이 창으로 고래 등을 긁어주었다." 다정하고 행복한 광경 한가운데에서 어미 고래가 새끼에게 젖을 먹인다. 막 아버지가 된 멜빌은 갓난 고래에게 여리고 섬세한 자기 갓난 아들 몸의 느낌을 접목한다. "섬세한 옆지느러미와 갈라진 꼬리지느러미는 다른 세상에서 이 세상으로 갓 태어난 아기 귀처럼 아직 쪼글쪼글한 모양 그대로였다." 다른 곳에서는 고래들이 조용히 짝짓기를 한다. "마법에 걸린 못 안에서 바다의 가장 신묘한 비밀들이 우리에게 전해졌다." 이슈메일이 요령 있게 돌려 말한다.

멜빌은 친밀한 인간관계에서 오는 구원의 힘을 그려낸다. 다른 곳에서 "아내, 연인, 침대, 식탁, 안장, 난롯가, 시골"이라고 열거한 그것이다. 서글프지만 자신의 결혼생활에서는 별로 누리지 못한 이상이었다. 잘나가는 작가가 되지 못했기 때문인지 멜빌은 까다로운 남편이 되었다. 한번은 부부 사이가 너무 나빠져서 아내 리지의 친정에서 중재하려 한 적도 있다. 아이들, 특히 아들들과의 관계도 긴장의 연속이었다. 낸터킷 트라이포츠 여관의 "젊은이 스티그스"처럼, 『모비딕』을 쓸 때 아기였던 큰아들 맬컴은 열여덟 살 때 자기 방에서 총을 쏘아 스스로 목숨을 끊은 채로 발견되었다. 19년 뒤, 작은아들 스탠윅스는 서른다섯 살의 나이에 샌프란시스코에 있는 병원에서 홀로 쓸쓸히 세상을 떴다.

그래도 1851년 겨울과 봄 동안에 멜빌은 가정의 행복의 가능성을 여전히 믿으려 했다. 보스턴에서 심란한 폭동 소식이 계속 들려오고 책 판매고가 아무리 실망스러워도 멜빌은 난롯가와 집에서 순수한 기쁨을 느낄 수 있었다. 이슈메일은 고래들이 만족감을 누리는 이 안쪽 공간에 대해 이렇게 말한다. "한가운데에 있는 이 속 모를 짐승들은 놀라고 겁에 질린 고래떼에 겹겹이 둘러싸여 있으면서도 자유롭게 태평스러운 일에 몰두하여 평화로이 장난치고 희롱하며 즐거워한다. 나도 내 존재는 폭풍이 몰아치는 대서양 한복판일지라도 내 마음속은 영원히 고요한 정적 속에서 즐기고 있다. 가라앉지 않는 고뇌가 묵직한 행성들처럼 내 주위를 돌고 있으나 깊은 곳 깊은 내륙에서 나는 여전히 영원하고 온화한 기쁨 속에 빠져 있다."

그러다가 지옥이 펼쳐진다. 치명적인 창날에 묶인 밧줄을 몸에 감은 고래 한 마리가 고래떼 사이를 헤치고 달리며 고통에 차 꼬리를 휘두르면서 "자기 동료들을 다치게 하고 살해했다". 뒤이어 이슈메일이 묘사하는 장면은 멜빌 자신 가족사의 서서한 몰락을 섬뜩하게 예고하는 것 같다. 전쟁에 빠져들 미국의 운명을 예고한 것은 말할 것도 없고. "처음에, 우리 호수 가장자리에 있던 고래들이 몰려들어 서로 부딪치기 시작했다. 마치 멀리서 밀려와 반쯤 수그러든 너울에 고래들이 들린 것 같았다. 그러더니 가운데 있던 호수도 살짝 들썩이며 부풀었고 바닷속 신방과 육아실은 사라졌다. 중심원 안에 있던 고래들이 둥근 궤도를 점점 더 좁혀오면서 빽빽한 덩어리를 이루며 헤엄치기 시작했다. 한동안 지속되던 고요는 흩어졌다. 이내 나지막한 울음소리가 들려오기 시작하자, 봄에 허드슨강 얼음이 녹을 때 부빙이 요란스레 부딪히며 덩어리로 뭉쳐지듯이, 고래떼 전부가 중심 원 안으로 덮쳐 들어왔다. 마치 쌓고 쌓아 산더미를 이루려는 것 같았다. 스타벅과 퀴퀘그가 바로 자리를 바꾸었다. 스타벅이 고물에 섰다." 사냥이 시작되었다.

18
핍

정겨운 웃는 눈으로 탬버린을 흔드는 흑인 심부름꾼 핍을 선원들은 사랑한다. 그런데 안타깝게도 핍은 고래를 무서워한다. 이등 항해사 스터브의 고물 노잡이가 손목을 삐자 핍에게 스터브의 포경보트에 타라는 지시가 내려진다. 그런데 일이 꼬인다. 작살을 맞은 고래가 보트를 때리자 핍은 겁에 질려 뛰어오르다가 포경 밧줄에 얽히고 만다. 다 잡은 고래를 놓아줄 수밖에 없었다.

스터브는 심기가 불편했다. "보트에 꼭 달라붙어 있어, 핍." 스터브가 명령을 내린다. "안 그러면, 물에 빠져도 안 건져줄 거야. (…) 너 같은 놈 때문에 고래를 잃을 수는 없다고. 앨라배마에 갖다 팔면 고래가 너보다 서른 배는 더 비싸게 팔리니까." 이슈메일은 섬뜩하게 현대적인 말로 이 일을 평한다.

"사람이 동료를 사랑하기는 하지만, 사람은 돈을 버는 동물이다. 그래서 돈벌이 성향이 선의를 가로막을 때가 너무 많다." 그래서 어떻게 되느냐 간단히 이야기하면, 핍은 곧 또다시 허둥대다 바다에 빠지고 만다.

이슈메일은 이렇게 전한다. "아름답고 온화한 푸르른 날이었다. 반짝이가 박힌 듯한 바다는 잔잔하고 서늘했고 금박 세공사가 최대한 얇게 두드려 편 박편처럼 사방으로 평평하게 수평선까지 뻗어 있었다. 수면에서 위아래로 까딱거리는 핍의 까만 머리통이 정향 봉오리처럼 보였다. 핍이 눈 깜짝할 사이 배 뒤쪽으로 떨어졌을 때 아무도 칼을 빼 들지 않았다. 스터브는 냉혹하게 등을 돌리고 있었고, 고래는 날개 달린 듯 빠르게 달렸다. 3분도 채 되지 않아 핍과 스터브 사이에 망망대해가 가로놓였다. 바다 한가운데에서 가엾은 핍은 곱슬곱슬한 검은 머리를 해 쪽으로 들었다. 해도 가장 높은 곳에서 가장 눈부시게 빛나지만 핍과 다를 바 없이 쓸쓸하게 버려진 존재였으니."

대양이나 아니면 큰 호수 한가운데에서 헤엄을 쳐본 사람은 발아래가 너무나 광막한 공허라 자신의 보잘것없는 물장구는 아무것도 아님을 깨달았을 때의 공포를 알 것이다. 그곳에서는 전적으로 처절하게 혼자다. "무정한 막막함 한가운데 한 점에 집중된 존재라니." 이슈메일이 말한다. "아 신이

여! 누가 그걸 알겠는가?" 핍은 에식스호의 악몽을 통렬하게 보여주는 가슴 아프고도 지혜로운 존재가 된다. "피쿼드호가 결국 어떤 파멸을 맞을지를 보여주는, 살아서 곁을 떠나지 않는 예언"이 된 것이다.

핍의 몸은 살았지만 핍의 정신과 영혼은 머나먼 바다 깊은 곳으로 들어가버렸다. 이슈메일이 "물결을 고동으로 내보내는 지구의 심장"이라고 부른 저 아득한 곳으로. 바닷속 깊은 곳에서 "뒤틀리지 않은 원시적 세계의 기이한 형상이 그의 빛 잃은 눈앞에서 오갔다. 그리고 지혜라는 이름의 욕심 많은 인어가 자신이 쌓아놓은 무더기를 보여주었다. 유쾌하고 무정하고 영원히 젊은 영겁의 존재들 사이에서 핍은 신처럼 어디에나 있는 수많은 산호충이 물의 천공 밖으로 거대한 구를 밀어올리는 것을 보았다. 핍은 베틀 발판 위에 올려진 신의 발을 보았다고도 했다. 그래서 다른 선원들은 핍이 미쳤다고 했다. 그러니 인간의 광기는 하늘의 분별이다. 인간의 이성을 모두 놓아버렸을 때에야 사람은 비로소 이성의 눈으로 보면 우스꽝스럽고 미치광이 같은 천상의 사고를 하게 된다. 그러면 행복이건 불행이건 신처럼 순수하고 무심하게 느끼게 된다." 핍은 목숨을 건졌지만, 껍데기로 남았다. 영원을 바라보는 백치천재. 인간의 비통의 근원에 다가가려 분투하는 에이해브는 이런 핍에게 끌릴 수밖에 없다.

너무 많은 것을 보는 무고한 희생자로서 핍은 에이해브의 또다른 심복 페달라와 정반대에 있다. 이아고와 『맥베스』의 세 마녀를 합해놓은 것 같은 배화교도 페달라는 에이해브의 귀에 유혹적인 예언을 끝없이 속삭이는 반면, 핍은 암호이자 공명판 같은 존재다. 핍은 리어왕의 광대처럼, 피쿼드호의 선주 한 사람이 말했듯 에이해브에게 '인간성'이 있음을 입증한다.

19

기름 짜기

향유고래에서 기름을 얻는 방법은 두 가지가 있다. 지방층을 벗겨내 얇게 썬 다음 끓여서 기름을 만든다. 또 고래의 바윗덩어리 같은 머리에도 지방이 있는데, 이걸 이슈메일은 농담으로 하이델베르크의 술통이라고 부른다. 경뇌유라고 하는 보드카처럼 맑은 기름이 비축된 거대한 저수조이기 때문이다. 경뇌가 공기에 노출되면 응고해서 "아름다운 고드름 결정 같은 것이 솟아난다". 이슈메일은 "물 위에 얇고 정교한 살얼음이 생겨날 때 같다"고 한다. 경뇌유(spermaceti. 정액sperm처럼 보여서 이렇게 부른다)가 이렇게 굳으면 커다란 덩어리가 되기 때문에, 정유로에서 끓이려면 일단 짜서 다시 액체 상태로 만들어야 한다.

이슈메일은 핍한테서 풍기는 처절한 외로움의 기운을 떨

쳐버리기 위해 동료들과 커다란 경뇌유 통을 가운데 놓고 둘러앉아 물렁물렁 끈적끈적한 곤죽 같은 덩어리를 짜다가 결국 서로의 손을 짠다. 멜빌은 이런 노골적인 언어유희(성적인 의미가 담긴)를 곳곳에 집어넣었는데, 4년 뒤인 1855년, 『풀잎 Leaves of Grass』을 출간할 때 월트 휘트먼도 그랬다.• 멜빌의 그 꿰뚫어보는 작은 눈에 웃음으로 잔주름이 잡힌 모습이 보이는 것 같다. "아, 나의 소중한 동지들이여"라며 이슈메일이 열렬하게 말한다. "왜 우리가 계속 서로에게 신랄한 감정을 품고 불쾌한 기분이나 질시를 느껴야 하나! 오라, 와서 모두 손을 맞잡고 쥐어짜자. 우리 모두 서로 짜내어 녹아들자. 친절함이라는 젖과 경뇌유/정액을 다 같이 짜내어 그 안에 빠지자." 이 부분은 「무적함대」 장에 나온 이성애적 천국에 대한 동성애적 응답이다(멜빌의 결혼생활이 순탄치 않았던 것을 생각하면 실제 멜빌의 마음은 이쪽에 있었을지도 모르겠다).

알고 보니 94장 「손으로 쥐어짜기」는 다음 장 「사제복」을 위한 전초전에 불과했다. 이 장에서 멜빌은 문학사상 가장 정교하고 가장 외설적인 말장난을 만들어냈다. 이슈메일은 고래 지방덩이를 '성서 낱장'이라고 하는 얇은 조각으로 써는 선원이 향유고래의 음경 포피로 특수한 겉옷을 만드는

• 휘트먼의 『풀잎』에는 정액(sperm)과 관련한 이미지가 상당수 등장한다.

장면을 묘사하는 것으로 시작한다. 정말이다. 고래의 포피 말이다. 자세한 설명은 생략하겠지만(자세히 알고 싶으면 책을 보라), 지방 써는 일을 하는 사람이 이 검은 통 모양의 옷을 뒤집어쓰고 설교단처럼 생긴 탁자 앞에 서서 지방을 성서 낱장으로 썰고 있으면 마치 성직자처럼 보인다고 이슈메일은 주장한다. 그러고 나서 이슈메일은 결정적인 구절을 날린다. "지방 저미는 사람이야말로 대주교 후보자감이 아닌가. 교황에 어울리는 짝이 아닌가!"

20
신의 왼편

내가 어릴 때인 1960년대, 우리 가족은 피츠버그에 살면서 가끔 다 같이 차를 타고 머낭거힐러강을 따라 철강 공장들을 지나서 시내로 가곤 했다. 공장에서 나는 악취와 매연이 너무 심해 동생과 나는 숨을 참으며 불을 뿜는 그을린 굴뚝들의 장관을 구경하곤 했다. 20년쯤 지난 뒤 낸터킷으로 이사해 고래잡이가 성하던 과거에 관심을 갖게 되었는데, 19세기 초 미국 최초의 세계적 산업의 중심지였던 낸터킷은 고급 여름 휴양지가 된 현재 모습보다 내 어릴 적 피츠버그의 모습과 더 가까웠다는 것을 알게 되었다. 19세기에 낸터킷에서는 기름냄새가 펄펄 났다. 1846년 중심가에 있는 모자 가게에서 화재가 발생했을 때, 한 세기 넘게 이 섬을 지탱해온 바로 그 물질 때문에 시내의 거의 절반이 불길에 타버리고 말았다. 낸터킷은 벽돌로 재건되었지만 고래잡이에 대한 열의와 목적은 이미 사그라지고 없었다. 몇십 년 사이에 섬 인구가 만 명에서 3000명으로 줄어들었다. 낸터킷은 유령도시가 될 운명에 처했다. 내 고향 피츠버그가 그 도시를 유명하게 만든 철강산업이 쇠락하면서 인구가 크게 준 것과 마찬가지였다. 작거나 크거나, 물 위에 있거나 육지에 있거나, 불을 가지고 번성한 공동체는 그렇게 된다.

기름에 전 목조선에서 불을 피우는 것은 줄잡아 말해도 위험한 일이다. 그렇지만 지방덩이를 기름으로 만들려면 끓이는 방법밖에는 없다. 벽돌로 만든 정유로에 처음에는 나무를 불쏘시개 삼아 불을 붙이고 가마솥이 끓기 시작하면 위로 떠오른 알갱이 조각들을 떠내어 연료로 쓴다. 고래기름을 끓이는 불이 고래 몸뚱이 조각을 태우며 타오른다는 말이다. 유기물이 연료로 타는 불에서 나오는 연기 냄새는 사람 머리카락 태우는 냄새보다도 고약하다. 이슈메일은 "말할 수 없이 격한 힌두 냄새가 난다. 화장터 근처에 도사린 냄새 같다. 최후의 심판 날에 신의 왼편으로 밀린 이들에게서 나는 냄새다. 지옥의 존재를 입증하는 냄새다"라고 한다.

산들바람이 부는 캄캄한 밤 이 끔찍한 연기가 갑판 위에 퍼져 피쿼드호의 키를 잡고 있는 이슈메일에게까지 날아든다. "광막한 바다의 어둠은 짙었다. 그러나 이따금 그을음투성이 연통에서 솟아나온 맹렬한 불꽃이 어둠 속으로 혀를 날름댔다. 유명한 그리스 화약으로 화공火攻을 벌일 때처럼 불꽃이 드높은 삭구에 걸린 밧줄을 낱낱이 밝혔다. 불붙은 배는 무자비한 복수심에 불타듯 앞으로 나아갔다. (…) 야만인들을 태우고 불을 싣고 시체를 태우면서 칠흑 같은 어둠 속으로 돌진하는 피쿼드호는, 편집광적인 선장의 영혼이 물질로 현현한 것 같았다." 피쿼드호가 만들어내는 부연 안개 속에서 배를 몰고 가던 이슈메일은 "마치 죽음 같은, 극도로 황망한 감정에 사로잡혔다". 문득 정신을 차려보니 어떻게 된 것인지 자기 몸이 돌아가서 뱃머리 쪽이 아니라 고물 쪽을 보고 있었다. 그 상태에서 키를 조작하면 의도한 방향의 반대로 배를 돌려 배가 뒤집힐 수도 있는 상황이었다. 이슈메일은 얼른 제자리를 찾는다. "이 밤의 불가사의한 환각에서 놓여난 것이 얼마나 기쁘고 다행인지"라고 그는 말한다.

여기에도 교훈이 있다. "그러니 여러분을 불에 바치지 마라. 그러면 불이 당신을 뒤집어놓고 마비시킨다. 내가 그때 그랬던 것처럼"이라고 이슈메일은 조언한다. "비애가 지혜가 되기도 한다. 그러나 비애가 광기가 되기도 한다." 위기에서 무엇보다도 중요한 것은 침착하고 차분한 명료함, 하늘을 나는 독수리가 완벽하게 구현해 보여주는, 사방을 한눈에 보는 전지적 시야다. "캐츠킬 독수리처럼 가장 컴컴한 협곡으로 곤두박질쳤다가 다시 밖으로 나와 햇살 가득한 공중으로 까마득히 솟아오르는 영혼도 있다. 독수리가 영원히 협곡 안에서만 난다고 하더라도, 이 협곡이 깎아지른 산 사이에 있으니 독수리는 가장 낮게 날 때조차도 평야에 사는 다른 새가 높이 날아오를 때보다 더 높은 곳에 있는 것이다." 여기에서 멜빌은 이상적인 지도자의 상을 보여준다. 분노와 고통이 아니라 침착함과 판단력으로 다스리는, 에이해브와 반대되는 지도자, 싸움에 말려들지 않기 위해 최선을 다하고 가장 암울한 순간에도 "광기와 같은 비애"에 빠지지 않는 인물이다.

앞에서도 이야기했지만 『모비 딕』은 앞날을 위해 쓴 책이다. 현재의 불같고 혼란스러운 열정에 저항하는 사람, 높이 나는 캐츠킬 독수리의 영혼을 가진 사람을 그리면서, 멜빌은 불가사의하게도 1851년 미국에 절박하게 필요했으나 거의 10년이 지나 에이브러햄 링컨이 미국 대통령이 되어 전면에 등장하기 전까지는 드러나지 않았던 정치가의 모습을 그려낸 것이다.

21

무자비한 포획

105장에서 멜빌은 멸종을 향해 가는 지구를 예견하는 듯한 질문을 던진다. "고래가 이렇듯 광범위한 추적과 무자비한 포획을 얼마나 오래 버틸 수 있을까. 최후의 고래는 (…) 최후의 인간처럼 마지막 파이프를 피우고 그 연기 속에 사라져버리지 않을까." 그다음 문단에서 이슈메일은 고래를 미국 서부의 들소와 비교하며 이 "혹이 있는 무리"에 일어난 일을 생각해보면 "이런 식으로 사냥하다보면 고래가 급속히 멸종하는 일을 피할 수 없음이 명백하다"라고 인정한다.

그렇지만 이 문제를 다양한 각도에서 다시 검토해본 다음에는, 고래는 반드시 그렇게 되지는 않으리라고 결론 내린다. 첫째로 고래 서식지는 들소 서식지보다 훨씬 더 크다. 사실 지구의 땅덩이 전부를 합한 것보다 크니까. 둘째로 향유 고래는 북극과 남극의 얼음 지대에 있는 "극지의 성채"로 후퇴해 "인간의 추적을 물리칠 수 있다". 따라서 고래 "개체는 소멸할지라도 종은 불멸이다"라고 이슈메일은 주장한다.

1950년대와 1960년대에 포경업이 산업화되며 고래 학살이 지속되어 여러 종이 들소처럼 멸종할 듯 보였던 때 이후에 태어나 자란 우리들이 보기에는 이슈메일의 생각이 딱할 정도로 순진하게 여겨질 수도 있다. 지구의 대륙 빙하가 최근 급격히 감소한 것을 생각해보면 더욱 그렇다. 그런데 향유고래 수는 최근에 증가세로 들어섰다. 우리가 고래기름 대신 석유에 중독되면서 지구온난화와 해수면 상승이 일어난다는 증거가 계속 나오고 있긴 하지만 말이다. 앞으로 기후변화와 인구 증가가 지구와 인류에 치명적인 영향을 미칠지 모른다. 이슈메일이 "최후의 인간"이라고 한 것이 수사적 표현에 그치지 않고 현실이 될 수도 있다. 위기에 처한 거대 동물은 사실 고래가 아니라 우리일지 모른다.

이슈메일은 이런 사실을 상기시킨다. "노아의 홍수 때도 [고래는] 노아의 방주를 비웃었다. 지구가 네덜란드처럼 다시 물에 잠겨 그 위에 사는 쥐떼를 모두 죽인다 해도, 불멸의 고래는 살아남아 적도의 높은 물마루 위에 우뚝 서서 하늘을 향해 도전하듯 물보라를 뿜어댈 것이다." 여기에 이슈메일이 그리는 미래상이 있다. 육지 생명체는 하나도 없는, 물에 잠긴 세상. 고래들의 천국.

22
퀴퀘그

멜빌이 마르키즈 원주민들과 함께 보낸 시간을 토대로 쓴 베스트셀러 『타이피』에서 화자는 첫눈에 원주민들에게, 특히 아름다운 페이어웨이에게 홀딱 빠진다. 그런데 이상한 일이 일어난다. 다리가 말썽을 일으켜 더이상 걷지 못할 지경이 된다. 화자는 곧 이 천국을 떠나야 한다는 사실을 깨닫는다. 아니면 오래된 바나나처럼 썩어 없어지고 말 것이다. 소설가 D. H. 로런스는 멜빌에 대한 글에서 이렇게 썼다. "야만인들에게로 돌아가보라. 그러면 당신 영혼이 몸안에서 썩는 것 같으리라." 그러면 그 반대의 경우는 어떨까? 원주민이 천국 같은 섬을 떠나 포경선에 타게 된다면?

퀴퀘그는 태평양의 섬나라에서 태어났지만 그곳을 떠나

기로 결심한다. 멜빌처럼 다른 것의 낯설음에 끌려 고향을 떠났다. 고래잡이로 지낸 지 여러 해가 지나 이제 더이상 순수 원주민이라고 하기는 어렵지만 그래도 평범한 서양인과는 매우 거리가 멀다. 이슈메일은 퀴퀘그가 "변태 과정에 있는 생물이다—애벌레도 나비도 아니다"라고 한다. 문신으로 온몸이 뒤덮인 남태평양 출신 이방인 퀴퀘그는, 찜통더위 속에 며칠 동안 피쿼드호의 선창을 청소하는 일을 하고 난 뒤 병에 걸려 『타이피』의 화자처럼 죽어간다.

몸이 쇠약해질수록 눈은 점점 튀어나온다. "물 위에 생긴 파문이 점점 희미해지면서 넓어지듯이 그의 눈도 영겁의 고리처럼 점점 둥그레졌다. 쇠해가는 야만인 옆에 앉아 조로아스터의 죽음을 지켜본 사람들이 보았던 것과 다를 바 없이 기이해져가는 그의 얼굴을 보고 있자니 뭐라 이름 붙일 수 없는 경외감에 사로잡혔다."

이슈메일은 이런 이야기를 들려준다. 퀴퀘그가 낸터킷에 있을 때 "짙은 색 목재로 만든 조그만 카누를 보았다. 퀴퀘그가 무엇이냐고 물어보니 낸터킷에서 죽은 고래잡이들은 모두 짙은 색 카누에 누인다고 했다". 퀴퀘그는 자기 고향 사람들도 망자를 카누에 누이므로 자기도 "관-카누" 안에 묻혀야 한다고 한다. 목수가 남태평양에 있는 래커데이Lackaday•라

• '아뿔싸' 같은 뜻의 감탄사.

는 끔찍한 이름의 군도에 있는 숲에서 채취해 온 목재로 몸에 꼭 맞는 카누를 퀴퀘그에게 만들어준다.

난파선에서 끌어모은 식량을 관-카누에 싣고 바다로 나선 에식스호 선원들처럼, 퀴퀘그는 자기 배에 영원으로 가는 여행을 할 채비를 한다. 작살, 건빵, 물 한 병, "선창 바닥에서 긁어낸 나무 부스러기가 섞인 흙"이 든 자루, 돛천을 접어 베개처럼 만든 것을 관에 넣어달라고 한다. 모든 준비가 끝나고 퀴퀘그가 관으로 기어들어가 그게 "몸에 잘 맞는지" 보고 나자, 갑자기 그의 상태가 좋아진다. 이슈메일은 말한다. "퀴퀘그의 생각으로는, 사람이 살기로 결심했다면 단순히 병만으로는 죽지 않는다고 한다." 며칠 만에 퀴퀘그는 완전히 회복되어 자기 관-카누는 사물함으로 쓰겠다고 한다. 소설 뒷부분에서, 삭구에서 떨어진 선원을 구하려다가 피쿼드호의 구명부표만 잃어버리고 말았을 때, 퀴퀘그는 자기 관-카누를 구명부표 대용품으로 쓰자고 한다. 그래서 관-카누에 물이 들어가지 않게 틈을 막고 봉해서 구명부표를 만든다. 에이해브는 그 아이러니를 놓치지 않고 한마디한다. "관으로 만든 구명부표라!" 에이해브는 혼잣말을 한다. "무언가 다른 의미가 있는 걸까? 관이 사실상 영원성을 담기 위한 것이라는 영적인 의미에 들어맞는 걸까? 생각해봐야겠다."

이 불길한 작품을 주도해서 만든 장본인 퀴퀘그는 끝까지 수수께끼로 남는다. 퀴퀘그의 몸에 새겨진 문신은 그가 살던 섬의 사제들이 새긴 것이다. "하늘과 땅의 완전한 이치와 진리에 도달하는 법에 대한 신비주의적 이론을 상형문자로 써넣었다. 그래서 퀴퀘그라는 인간 자체가 풀어야 할 수수께끼였고, 한 권의 책으로 된 경이로운 작품이었다. 다만 자신이 품은 비밀을 자기 자신도 해독할 수가 없었다."

밤낮으로 우주의 의미를 숙고하는 에이해브에게는 퀴퀘그의 존재 자체가 고통이었다. 확실한 진리를 찾는 영원한 여정을 이끄는 힌트는 주지만 답은 주지 않는 존재였으니 말이다. 어느 날 아침 이슈메일은 에이해브가 고통에 찬 한마디를 외치며 퀴퀘그에게서 등을 돌리는 모습을 본다. "아, 애만 태우는 신들의 악마 같은 장난이여!"

23
모자에서 독재를 꺼내기•

이슈메일이 “대체로 보잘것없고 저열한 기교나 방호물”이라고 부르는 몇 가지 간단한 기술만 터득하면 누구라도 선동가나 독재자가 될 수 있는 것 같다. 그래서 지도자들은 대체로 “낮은 수준의 대중보다 확고하게 우월하기 때문이 아니라 선택받은 숨은 소수의 ‘초월적 무위無爲’보다 한없이 열등하기 때문에 유명해진다”. 아돌프 히틀러나 사담 후세인 같은 독재자는 천재가 아니다. 이들은 권력에 목마른 편집광이고 사람을 조종하는 데 뛰어난 사람들일 뿐이다. 이 사람들이나 다른 과대망상증 환자들이 어떻게 권력을 잡는지를 이해하려면 『모비 딕』의 뒤쪽 3분의

• Pulling Dictatorship Out of a Hat. ‘묘안을 내놓다, 해결책을 마련하다(pull a rabbit out of the hat)’라는 영어의 표현을 응용한 제목이다.

1에서 에이해브가 라스베이거스 못지않은 마법으로 피쿼드 호 선원들을 사로잡는 과정을 읽으면 된다.

일단 모비 딕을 죽이는 데 쓸 작살을 신성모독적인 과정을 거쳐 만들고 벼리는 것부터 시작한다("'신의 이름이 아니라 악마의 이름으로 너에게 세례를 주노라!' 사악한 쇠가 세례의 피를 태우듯 삼켰고 에이해브는 무아지경에 빠져 부르짖었다"). 그러고 나서 에이해브는 사분의를 짓밟아서 망가뜨리고("저주받으라 과학이여! 쓸모없는 장난감이여") 무시무시한 폭풍우 속에서 불타오르는 작살을 악마처럼 휘두르더니 뜨거운 입김으로 활활 타는 불을 꺼버린다. 마지막으로 에이해브는 벼락을 맞아 망가진 나침반 바늘 대신 쇠막대에 자성을 띠게 만들면서 앞선 사건 못지않게 극적인 장면을 연출한다. 마술을 부리는 듯한 과장된 행동들의 효과를 누적시켜 선원들의 감정을 둔감하게 만드는 것이(독자들 역시 그렇게 됨을 인정하지 않을 수 없다) 목적이다. 그리하여 우리 모두는 에이해브의 외곬의 목표를 이루기 위해 에이해브에게 복종하는 자동인형이 된다. "기쁨이든 슬픔이든, 희망이든 두려움이든 모두 에이해브의 강철 같은 영혼의 막자에 짓눌려서 곱게 갈려 가루가 된 것 같았다. 그들은 폭군 같은 늙은이의 눈길을 내내 의식하며 기계처럼 멍하게 갑판 위에서 움직였다."

피쿼드호가 모비 딕의 소식을 전해주는 다른 포경선을 만나면서(이 배들은 저마다 에이해브 방식에 대한 대안을 제시한다) 이따금 짧은 유예가 찾아오기도 하지만, 최후의 대결이 다가올수록 우리는 사악한 초인인 에이해브의 압도적 존재에게 그슬리고 짓눌리고 휘둘려 점점 다른 것에는 신경을 쓰기가 어려워진다.

그게 바로 이 책의 핵심이다.

24
에식스호의 재림

사람은 누구나 일 때문에 힘들어 한다. 자신과 가족의 생계를 위해 돈이 필요해 일을 하면서도, (특히 상사가 잘했다고 등을 두드려주거나 하면) 일에 매달리느라 좋은 부모나 배우자가 되는 더욱 힘든 일에서 고개를 돌리게 되기도 한다. 대체 어떻게 그런 일이 일어나는 걸까? 일이 사람을 어떻게 망가뜨리는지 알고 싶다면 『모비 딕』뿐 아니라 이 소설 후반부의 배경이 된 실화를 읽어보자.

1851년 4월, 『모비 딕』의 마무리 작업에 들어갔을 무렵, 멜빌은 에식스호 재난에 대한 오언 체이스의 글을 손에 넣게 된다. 10여 년 전에 포경선을 타고 태평양 위에서 읽었던 책이었다. 멜빌은 장인의 낸터킷 친구를 통해 체이스의 글을 손에 넣었는데, 아마 어커시넷호 선실에서 처음 이 이야기를 접한 뒤 오언 체이스의 글을 다시 읽게 된 건 이때가 처음일 것이다(구하기 힘든 책이었다). 멜빌은 셰익스피어 희곡집 뒤쪽 면지에 메모를 했던 것처럼 체이스의 책에도 에식스호와 관련된 기억들을 적어넣었다.

그 책을 어떻게 처음 읽게 되었는지, 찰스 캐럴호와 '갬'을 할 때 오언 체이스 본인을 직접 만났던 일(그 뒤 역사가들이 이 주장은 멜빌의 착각임을 입증했지만, 일단 여기에서 중요한 것은 멜빌이 자기가 오언 체이스를 만났다고 생각했다는 점이다) 등을 적어넣었다. "그는 덩치가 크고 강건하고 몸이 좋은 사람이었다. 키는 큰 편이었다. (…) 양키치고는 잘생긴 얼굴이고 강직함과 차분함, 허세 없는 용기가 드러났다. 외모 전체가 아주 마음에 들었다. 내가 만나본 고래잡이 가운데 가장 인상 좋은 사람이었다." 그렇지만 계속되는 불운에서 벗어나지 못하고 다음에 지휘한 배도 하와이 근처에서 지도에 나와 있지 않은 산호초에 부딪혀 침몰시킨 에식스호 선장 조지 폴러드처럼 오언도 "끝나지 않는 불운에 시달렸다. 두번째 불운은 좀더 서서히 그를 덮쳤지만". 어커시넷에서의 조우 뒤 얼마 지나지 않아 체이스가 "고향에서 편지를 받았는데, 아이 여럿을 낳은 아내가 부정을 저질렀다는 소식을 알리는 편지였다. 이 소식에 체이스가 심한 타격을 받아서 깊은 우울에 빠졌다는 말을 들었다"라고 멜빌이 전한다.

멜빌이 체이스의 글을 처음 읽고 10년이 지난 뒤 다시 읽을 때에는 무엇보다도 그 배에 탄 사람들 각각의 고통에 마음이 움직였다. 체이스나 폴러드는 상징이 아니라 실제로 운명에 얻어맞은 사람이었다. 그래서 『모비 딕』의 마지막 장들에는 비의, 심지어 애틋함마저 깃들어 있다. 에식스호를 탔던 실제 사람들, 그 재앙의 그림자에서 벗어날 수 없었던 낸터킷 사람들에 대한 멜빌의 기억이 이 위험스러울 정도로 산만하고 때로 과장되기도 한 소설을 마무리짓는 데 반드시 필요한 인간성을 부여했다.

결말 부분은 128장에서 시작한다. 피쿼드호가 레이철호를 만나는데, 레이철호 선장은 자기 아들이 탄 실종된 포경보트를 찾기 위해 고래 추적을 포기했다. 이 가슴 아픈 장에서 선장은 에이해브에게 수색을 도와달라고 사정하지만 거절당한다. 우리는 모비 딕 추적에 매달리는 에이해브 이면의 섬뜩한 냉혹함을 볼 수 있다. 멜빌이 체이스 글에 적어넣은 메모에 담긴 슬픔과 절망, 특히 가정의 행복이 얼마나 깨지기 쉬운 것인가 하는 생각 등은 132장 「교향곡」에서야 전면으로 부각된다. 에이해브가 피쿼드호의 양심 스타벅과 대화를 나누는 장면이다.

이 장은 어느 "강철처럼 파란" 아름다운 날 아침 뒷갑판에서 시작된다. 에이해브는 홀로 청명한 태평양을 바라보고 있다. "반갑고 행복한 공기, 다정한 하늘이 마침내 그를 쓰다듬고 다독였다. 오랫동안 잔인하고 엄격했던 계모 같은 세상이 이제 자애로운 팔로 그의 고집 센 목을 끌어안고 기쁨의 눈물을 흘리는 것 같았다. 아무리 제멋대로고 말썽 많은 자식이라도 마음 깊은 곳에서는 보듬고 축복할 수 있다는 듯이." 그때 눈물 한 방울이 에이해브의 눈에서 흘러나와 바다에 떨어진다. 마침 그 순간 갑판 위에서 스타벅이 선장에게 다가와 걸음을 멈춘다. 일등 항해사가 곁에 있음을 알아차린 에이해브는 느닷없이 목표만을 향해 가는 자기 삶의 무의미함을 한탄한다.

에이해브가 쉰여덟 살이고, 40년 동안 고래잡이였으며, 그동안 육지에서 지낸 기간은 3년도 되지 않는다는 사실이 드러난다. "내가 지금까지 살아온 나날을 생각해보면 얼마나 외롭고 황량했던가. 돌벽으로 둘러싸인 요새에 갇힌 듯한, 선장이라는 자리의 소외감 (…) 아, 피폐함! 중압감! 홀로 배를 지휘하는 일은 기니 해안의 노예나 다를 바 없는 처지야—이 모든 것을 생각할 때면, (…) 40년 동안 소금에 절인 말린 음식만 먹으면서 살았지—양분이 말라버린 내 영혼에 걸맞은 표상이야!" 에이해브는 결혼도 했고 아들도 낳았다. 하지만 추적에만 몰두하는 그에게 그게 무슨 소용인가? "불쌍한 여자와 결혼하면서 그 순간에 과부로 만들었어." 의사건 교사

건 운전기사건 채권 중개인이건 작가건, 자기 직업과 혼인한 우리 모두처럼, 에이해브도 진정으로 중요한 것을 놓치고 말았다. "40년 동안 얼마나 어리석은 바보였나—에이해브는 늙은 바보였어! 왜 그 고래를 쫓는다고 분투를 했나—왜 팔이 탈진해 마비될 정도로 노를 젓고 작살을 잡고 창을 휘둘렀나? 그래서 에이해브가 더 부자가 되었나 상태가 더 나아졌나?"

스타벅은 이때가 기회라고 생각한다. "아 선장님! 나의 선장님! 고귀한 영혼이여! 이 모든 일에도 불구하고 위대한 심장이여! 그 증오스러운 물고기를 왜 쫓아야 합니까! 이제 갑시다! 죽음의 바다를 떠나 집으로 갑시다! 스타벅에게도 처자식이 있습니다. (…) 아 선장님, 그리운 낸터킷을 다시 보러 간다면 우리는 얼마나 신나고 유쾌하게 달릴까요! 선장님, 낸터킷에도 이런 맑고 온화한 날들이 있을 겁니다."

그렇지만 힘과 의지가 거덜난 에이해브는 40년 동안 고래잡이로 지내온 세월의 관성을 되돌릴 힘이 없다. "말로 설명할 수 없고 정체를 알 수 없는, 이 세상의 것이 아닌 이것은 무엇인가. 숨어서 기만하는 주인, 잔혹하고 무자비한 황제가 나에게 자연스러운 애정과 그리움을 등지라고 명령하는구나. 그래서 나는 계속 몰아붙이고 밀어붙일 수밖에 없다. 내가 제정신으로는 차마 엄두도 못 낼 일을 하도록 가차없이 몰아세우니."

스타벅은 마침내 포기하고 그 자리를 뜬다. 에이해브는 갑판을 가로질러 가 다시 바다를 내다보는데, 그때 고요한 대양의 표면에 다른 사람의 눈동자 두 개가 비치는 것을 보고 흠칫 놀란다—사악한 꼭두각시 조종자 페달라였다. 사실상 스타벅에게는 기회가 없었음을 우리는 알게 된다.

선동가이자 독재자인 에이해브가 얼마나 심오하게 그려졌는지 드러나는 것도 이 부분이다. 아무리 사나운 폭군이라고 해도 결국 무너지고 말지만 지치고 서글퍼져서가 아니고 그의 귀에 계속 속살거리는 조력자, 이른바 전문가라고 하는 사람들 때문에 무너진다.

25

가장 안쪽 잎

호손에게 보낸 편지들을 보면 역작을 쓰는 동안과 다 쓰고 난 뒤 멜빌의 정신 상태가 어떠했는지 알 수 있다. 『모비 딕』을 움직여가는 추동력이 되는 시詩가 이 편지들에서도 드러난다. 멜빌은 미친듯이 들떠서 편지에 소설이 뛰다가 멈추다가 다시 뛰며 출간을 향해 달려가는 순간들에 대한 내밀한 생각을 털어놓는다. 나는 독자들에게 『모비 딕』만 읽어서는 안 된다고 말하고 싶다. 이 책을 만들어낸 개인적 예술적 힘을 이해하려면 이 편지들을 꼭 읽어야 한다.

멜빌은 5월 초에 원래 『고래』라고 부르던 소설을 거의 완성했다. 그러다가 글쓰기를 멈췄다. 6월 초 멜빌은 호손에게 편지로 전했다. 지난 3주 동안 "집밖에 있었습니다. 사방에서 만들고 고치고 손보고 했지요. 게다가 옥수수와 감자도 수확해야 했고 (…) 그 밖에도 이 철에 해야 하는 일들이 잔뜩 쌓여 있습니다. 하루종일 몸을 혹사하고 밤이 되면 몸의 감각이 예전에 해뜰녘부터 해질녘까지 막노동을 하던 때와 비슷한 상태가 됩니다".

이 휴지기가 창조적 에너지에 도움이 되었던 것 같다. 정신건강에는 어땠는지 모르지만. 멜빌은 진실의 약에 중독된 사람처럼 가슴속 깊은 곳의 걱정거리를 털어놓기 시작한다. 문학적 명성에 대해서도 안달한다. "사실 후대에 전해지는 것도 좋지 않은데, '식인종들 틈에 살았던 자'로 전해진다면요!" 또 자기 책이 방향을 잃은 "망작"일까봐 걱정하면서 한편으로는 그게 5년 동안의 거침없는 지적 성장의 끝을 의미할까봐 두려워한다. "제가 스물다섯이 되기 전에는 전혀 발전이 없었습니다. 저는 스물다섯 살이 된 뒤부터 제 삶을 헤아립니다. 그때부터 지금까지 제 내면이 피어나지 않고 지난 기간은 3주도 안 될 겁니다. 하지만 지금은 봉오리 가장 안쪽의 잎에 다다른 것 같아요. 곧 꽃이 땅으로 떨어질 것 같은 기분이에요." 1주일 뒤에는 호손에게 이렇게 말한다. 뉴욕으로 가서 "3층에 있는 방에 틀어박혀 인쇄기로 들어가기 직전까지 내 '고래'를 붙들고 죽도록 일하려고 합니다. 그렇게 해야만 완성할 수 있어요. 이 일 저 일이 계속 저를 방해합니다.

글을 쓰는 데 필요한 차분하고 느긋하고 조용하고 풀이 자라는 환경이 저에게는 도무지 주어지지 않네요." 몇 단락 아래에서는 자기 소설 주제로 돌아가 이렇게 말한다. "'고래' 이야기를 하고 있었죠. 3주 전 원고를 손에서 놓았을 때 고래잡이들이 '단말마의 발작'이라고 하는 상태였어요. 이제 그 고래의 아가리를 붙들고 너무 늦기 전에 어떻게든 끝장을 내려고 합니다."

멜빌이 흰 고래와 최후의 일전을 벌이려고 용기를 끌어모으는 모습을 볼 수 있다. 에이해브처럼 멜빌도 전투를 시작하려 한다. 에이해브가 「교향곡」이라는 장에서 스타벅에게 자기 영혼을 드러내듯이 멜빌도 호손에게 속내를 털어놓는다. 멜빌은 무엇보다도 이게 무언가의 끝일까봐 두려워한다. 자신의 예술적 힘이 다시는 이 경지에 다다르지 못하리라는 것을 이미 직감하고 두려워한다. 땅을 경작하고 망치로 못질을 하며 보낸 3주 동안 멜빌의 머릿속은 모비 딕과의 최후의 일전을 준비했다. 그 결과는 문학사상 가장 흥미진진하며 정교하게 연출된 액션 시퀀스 중 하나가 될 것이다.

26
에이해브의 최후의 일전

다음으로 나아가기 전에 한 가지 분명히 밝히고 싶은 것이 있다. 흰 고래는 상징이 아니다. 나나 여러분 같은 진짜다. 뒤틀린 턱, 굽은 등, 빠르게 이동할 때 출렁거리는 몸. 지방, 피, 근육, 뼈로 이루어진 존재, 허구를 넘어서는 자연계의 피조물이다. 그러니까 흰 고래가 무얼 상징하는지 고민하는 일은 그만두기 바란다. 99장 「스페인 금화」에서 멜빌이 보여주었듯 피쿼드호 선원들이 돛대에 못 박힌 금화에 찍힌 형상에 대해 저마다 해석을 내놓지만 금화는 결국 금화일 뿐이었다. 그러니 에이해브의 속임수에 빠져 모비 딕을 인간의 보잘것없는 고초의 대리물로 보지 않기 바란다. 결국 모비 딕은 그저 거대하고 전투의 상흔을 가진 흰 향유고래일 뿐이고 그것으로 충분하고도 남는다.

이것이 우리가 『모비 딕』이나 다른 고전작품을 읽는 근본적인 이유다. 작가의 현란한 기교 때문이 아니라, 글로 현실을 전달하는 능력 때문이다.

멜빌이 1851년 봄에 에식스호 이야기를 다시 읽은 것이 더욱 다행이었다. 직접 경험을 전하는 체이스의 절절한 기록이 거대한 고래의 분노를 불러일으킨 배에 타고 있을 때의 실제 상황을 들려주었다. 체이스의 글이 기억에 생생히 남아 있는 상태에서 멜빌은 소설 서사의 여러 갈래를 신속히 한데로 모으며 타의 추종을 불허하는 현장감 있는 장면들을 써냈다.

133장 「추적—첫째 날」에서는 모비 딕의 등장을 세 부분으로 나누어 전한다. 처음에는 멀리서 본다. 모비 딕이 수면에서 태평하게 헤엄치고 있고 에이해브가 지휘하는 피쿼드호의 포경보트가 그쪽으로 다가간다. "보트가 고래에게 다가가자 바다는 더욱 잔잔해졌다. 파도 위에 양탄자를 깐 듯, 한낮의 초원처럼 고요하게 펼쳐졌다. 드디어, 숨죽인 사냥꾼이 경계하지 않는 듯 보이는 사냥감에 아주 가까이 접근하자, 반짝이는 등 전체가 뚜렷이 보였다. 고래 등은 독립적 존재처럼, 뱅글뱅글 돌아가는 고운 양털 같은 녹색 거품의 고리를 이끌고 바다 위를 미끄러져갔다. (…) 미끄러지듯 나아가는 고래에게서 잔잔한 기쁨—빠르면서도 강력한 평온함이 느껴졌다. (…) 위대하고 장엄한 최고신 주피터의 광영도 마치 신처럼 헤엄치는 흰 고래를 능가하지는 못했다." 모비 딕이 미학적 대상이 되었다. 눈부신 고요를 발산하며 미끄러지듯 나아가는 눈 언덕이다.

그러다가 고래가 물속으로 다이빙을 하자, 처음에 본 모습이 이 거대한 흰 짐승의 전부가 아니라는 것을 깨닫게 된다. "하지만 이내 고래의 앞부분이 서서히 물 위로 솟아올랐다. 순식간에 대리석 같은 몸뚱이 전체가 버지니아주의 내추럴 브리지처럼 높은 아치 모양을 만들더니 깃발 같은 꼬리를 공중에서 경고하듯 흔들었다. 위대한 신이 모습을 드러내고, 소리를 내고는, 시야에서 사라졌다." 그러고 우리는 기다린다. 한 시간 동안. 긴장감이 점점 커지고, 곧 피쿼드호를 삼킬 검은 소용돌이를 예고하는 장면에서, 에이해브는 끝없는 푸른 물을 내려다보다가 모비 딕을 발견한다. 에이해브와 우리가 함께 옥색 공허를 들여다보게 되는 장면이 얼마나 영화적인지 보라. "깊고 깊은 물속을 들여다보는데 흰족제비만 한 흰 점이 놀랄 만큼 빠른 속도로 솟아오르며 확대되는 것이 보였다. 그러더니 그것이 몸을 돌려 희게 빛나는 이빨이 길고 뒤틀린 두 줄로 미지의 심해로부터 솟아오르는 것이 확연히 보였다."

흰 고래가 보트를 입으로 물려고 첫번째 시도를 했을 때에는 에이해브가 어찌어찌 탈출했지만, 두번째는 피하지 못한다. 모비 딕은 상어가 공격할 때처럼 뒤집어진 상태로 헤엄을 치다가 입으로 보트를 문다. "둘둘 말린 길고 좁은 아래턱이 구부러진 채로 공중 높이 솟았다. (…) 아가리 안쪽 푸르스름한 진줏빛 속살이 에이해브 머리에서 채 한 뼘도 떨어지지 않은 곳에 있었다. (…) 이 자세로 흰 고래는 못된 고양이가 생쥐를 가지고 놀듯 가벼운 삼나무 보트를 흔들었다. 페달라는 흔들리지 않는 눈으로 팔짱을 끼고 보고 있었지만, 호랑이처럼 누런 피부의 선원들은 고물 끝으로 내빼려고 서로 덮치고 엎어졌다."

페달라는 어둠의 세계로 넘어간 요다마냥 평온히 앉아 있었으나 에이해브는 그럴 수 없었다. "편집광 에이해브는 원수가 약올리듯 가까이 다가와서 증오하는 바로 그 턱 안에 자기가 산 채로 있게 되었는데도 어떻게 할 도리가 없다는 사실에 격분했다. 광기에 휩싸인 에이해브는 맨손으로 긴 이빨을 쥐고 미친듯이 비틀어 뽑으려 했다." 요즘 시대 사람들은 누구나 고래를 사랑하고 고래가 잘되기만을 바라지만, 이 거세당하고 외다리인 쉰여덟의 신앙 잃은 퀘이커교도는 다르다. 그는 미적거리지 않는다. 멜빌이 자기 고래를 가지고 그러했듯 에이해브도 대담하게 모비 딕의 아가리를 붙든다. "이렇게 헛된 안간힘을 쓰는 동안 아가리가 에이해브의 손에서 빠져나갔다. 위아래 턱이 거대한 가위처럼 뒤로 물러나면서 배를 깨물자 유약한 뱃전이 휘고 부서져서 두 도막으로 쪼개졌다. 고래 아가리는 동강난 보트 사이의 바다에서 다시 꽉 다물렸다."

에이해브가 물속에 빠지자 모비 딕은 고개를 공중으로 쳐들고 등대 불빛처럼 제자리에서 빙빙 돌며 주위에 무엇이 있는지를 파악한다. (멜빌이 각주에서 밝혔듯이 향유고래들이 흔히 하는 행동이다. 이 마지막 세 장에 나온 내용은 아무리 환상적으로 들리더라도 전부 다 실제로 일어날 수 있는 일이다.) 모비 딕의 눈에 들어온 것은 에이해브였다. 에이해브는 고래가 만들어낸 거품 소용돌이의 중심에 놓이게 된다. 다행히 피쿼드호가 가까이에 있었다. "고래를 향해 돌진해!—고래를 몰아내!" 에이해브가 소리친다.

배가 모비 딕을 몰아내고 에이해브는 스터브의 보트로 끌어올려진다. 에이해브는 보트 바닥에 "코끼리떼에 짓밟힌 사람처럼 널브러졌다". 에이해브는 사람이 아니라 어떤 지형이었다. 상처와 고통으로 울부짖는 갈라진 땅이었다. "깊은 내륙에서 알 수 없는 비명이 터져나왔다. 골짜기에서 들려오는 황량한 울음소리처럼." 이슈메일이 전한다.

모비 딕을 조우하고 이틀째 날, 모비 딕이 스터브와 플래스크의 보트를 깨부수고 수면 아래로 다이빙해 들어간다. 흰 고래가 떠난 자리 소용돌이치는 궤적 안에서 이등 항해사와 삼등 항해사 그리고 이들의 보트에 탔던 선원들은 뭐든 손에 잡히는 것에 절박하게 매달린다. "삼나무 냄새가 나는 난파선 잔해가 춤추듯 떠다녔다. 세게 휘저은 펀치 볼에 뜬 너트맥 열매 가루 같았다." 멜빌이 호손에게 보낸 편지 덕분에 이 장면이 멜빌에게 어떤 개인적 의미가 있는지 알 수 있다. "존경하는 선생님, 어떤 예감이 듭니다. 저는 결국 지쳐서 소멸할 겁니다. 낡은 너트맥 분쇄기처럼, 너트맥을 계속 갈아대다 마모되어 조각조각 깨져버릴 거예요." 포경보트 두 대가 부서지는 장면으로 멜빌은 자기 재능의 붕괴도 함께 묘사한 것이다.

사흘째 날이 맑고 상쾌하게 밝아오고 서사도 잠시 한숨을 돌린다. "오늘도 날씨가 참 좋구나!" 에이해브가 경탄한다. "새로 창조된 세계라 해도, 천사들의 여름 별장을 만들어 오늘 아침에 새로 문을 열었더라도 이보다 더 아름다운 날이 시작될 수는 없을 것이다." 그러더니 멜빌이 작품을 창조하는 데 필요한 조용한 환경에 있어본 적이 없다고 호손에게 불평한 것을 떠올리게 하는 독백이 이어진다. "사고思考는 냉정함과 차분함이어야 한다. 그런데 그러기에 우리 딱한 심장은 쿵쾅거리고 모자란 뇌는 너무 심하게 고동친다." 멜빌은 이 부분에서 능동적 참여와 수동적 참여 사이의 역동적 긴장

관계를 다룬다. 저자가 신처럼 멀찍이 떨어져 앉아 판결만 내린다면 그렇게 나온 결론은 설득력이 떨어질 것이다. 좋은 글은 저자가 그 순간의 격동 속에서 어떤 시야를 확보할 때 나온다. 멜빌이 『모비 딕』으로 성취한 것이 바로 그것이다.

하지만 다시 에이해브에게로 돌아와보면, 에이해브가 안절부절못하는 건 당연하다. 어제의 격렬한 혼란 속에서 페달라가 수수께끼처럼 사라진 것이다. 페달라의 실종이 더욱 불길하게 느껴지는 까닭은 페달라가 에이해브가 죽기 전에 자기가 죽었다가 다시 나타나야 한다고 예언했기 때문이다. 에이해브는 『맥베스』 같은 수수께끼에 골몰하는 대신 게걸스러운 상어로 가득한 바다 위를 노 저어 간다. 마치 너트맥 분쇄기처럼, 상어들이 에이해브의 노를 씹어 갉아댄다.

기름칠이 잘된 운명의 수레바퀴처럼 모든 게 짜맞춰져 들어간다. 페달라의 시신이, 흰 고래의 굽은 등을 휘감고 얽힌 작살 밧줄에 묶인 채로 나타난다. 역시 페달라가 예언한 것처럼, 모비 딕이 피쿼드호를 거대한 미국산 영구차로 바꾸어 놓는다. 고래가 육중한 머리로 피쿼드의 뱃머리를 들이받은 것이다. 배가 바다로 가라앉는 도중에 에이해브는 작살을 던지지만 밧줄이 그의 목을 감아 그는 결국 가장 증오하는 짐승에게 끌려가며 죽음을 맞는다. 마지막으로, 왐파노아그족 작살잡이 타슈테고는 돛대 꼭대기에서 흉포한 도둑갈매기와 싸우며 피처럼 붉은 깃발을 돛대 끝에 매달라는 에이해브의 명령을 끝까지 용감하게 수행한다. 도둑갈매기의 날개가 돛대 꼭대기와 타슈테고의 망치 사이에 끼어(멜빌이 그해 봄 집에서 망치질을 하다가 이 충격적인 결말을 떠올리지 않았을까 하는 생각이 든다) 피쿼드호와 함께 침몰한다. 피쿼드호는 "마치 사탄처럼 하늘의 살아 있는 일부를 끌고 들어가 그걸로 기어이 자기 머리를 감싸고 지옥으로 떨어지려 했다".

이 장은 다시 노아에게로 돌아가는 한편 곧 미국에 닥칠 피로 물든 심판의 날을 예고하면서 마무리된다. "작은 바닷새들이 아직도 아가리를 벌리고 있는 물구렁 위에서 울부짖으며 날아다녔다. 부풀어오른 흰 파도가 구렁의 가파른 옆면에 부딪쳤다. 그러더니 모두 가라앉았고, 바다라는 거대한 수의가 5000년 전에 그랬던 것처럼 일렁였다."

마지막 세 장의 거인과도 같은 분노가 가라앉은 뒤 나오는 에필로그는 엄청난 규모의 이완으로 느껴진다. 알고 보니 이슈메일이 페달라 대신 에이해브의 보트에 탔었다. 운좋게도 이슈메일을 포함한 몇 명이 선장이 죽기 전에 보트에서 튕겨나와 최후의 장면을 전장의 가장자리에서 지켜보았다. 배가 가라앉고 그로 인해 생겨난 소용돌이가 모든 것을 바다 깊은 곳으로 끌고 들어가기 시작하자, 퀴퀘그의 관으로 만든

부표가 물 밑에서 튀어나오고, 그리하여 이슈메일은 피쿼드호의 유일한 생존자가 된다. "그 관을 붙들고 하루 밤낮을 꼬박 부드러운 장송곡 같은 대양 위에 떠 있었다. 상어들도 공격하지 않고 입에 자물쇠를 단 듯 내 옆을 그냥 지나쳐 갔다. 야만스러운 도둑갈매기들도 부리에 칼집을 끼운 듯 지나갔다. 둘째 날, 배 한 척이 서서히, 서서히 다가와서 마침내 나를 건져올렸다."「무적함대」에서 묘사한 포식자 없는 구역 안에서 이슈메일은 마법처럼 살아남았고, 아직도 선장의 잃어버린 아들을 찾으러 돌아다니던 레이철호에 구조된다. 그러니까 이슈메일은 자기를 구해준 사람들에게 기쁨 대신 실망감만을 안겨주었다는 말이다. "에둘러 돌아가던 레이철호가 잃어버린 아이들을 찾아 길을 되밟아 가는 길에, 또다른 고아를 발견했다." 이렇게 멜빌은 자기 자신이 독자들에게, 그리고 자기가 소설을 헌정한 사람 너새니얼 호손에게 버림을 받으리라는 서글픈 예감과 함께 걸작을 마무리한다.

27
사악한 예술

멜빌은 에이해브를 떨쳐내기가 힘들었다. 비평가들의 혹평을 받고, 수줍음 많은 뮤즈를 잃는 등의 실망을 겪고서야 멜빌은 다시 지상으로 내려와 『모비 딕』의 기적에도 불구하고 사실상 달라진 것은 아무것도 없음을 깨달았다. 그래도 1851년 11월 초, 소설이 출간되고 얼마 지나지 않았을 때에는 멜빌은 여전히 자기 흑예술의 위력을 믿었다. 자기 책은 실제 세상으로부터 나왔을 뿐 아니라, 그 세상을 조종한다고.

11월 6일 멜빌은 뉴욕 친구 이버트 다이킹크가 보낸 편지에서 뉴베드퍼드 포경선 '앤 알렉산더'가 고래 때문에 침몰했다는 소식을 들었다. "어젯밤에 받은 편지 때문에 큰 충격을 받았네." 멜빌이 답장을 썼다. "지난 며칠 숲에서 도끼, 쐐기, 망치를 가지고 일하는 동안 고래가 거의 완전히 나한테서 빠져나간 것 같았는데(그래서 기분이 좀더 유쾌해졌지) 그때 쾅! 하고 모비 딕이 다시 나타나서 (…) 지난 1, 2년 동안 내가 몰두하고 있었던 것을 다시 떠올리게 한 거야. (…) 그게 바로 모비 딕이었다고 믿어 의심치 않네. 14년 전 피쿼드호의 슬픈 말로 이후에 모비 딕이 잡혔다는 소식이 없었으니까." 반은 농담이지만 반은 진심이었을 것이다. 앤 알렉산더호를 침몰시킨 고래를 자기 책을 후려치는 문학평론가들과 비교한 다음에("고래의 말은 짧고 간결하고 정곡을 찌르지") 멜빌은 충격적인 말로 속내를 털어놓는다. "내 사악한 예술이 그 괴물을 키운 건 아닐까."

28

신자도 불신자도 아닌

불쌍한 너새니얼 호손. 1850년 여름, 호손은 멜빌을 소개받는 일을 피하고 싶었다. 그러고 한 해 남짓이 지나 멜빌은 호손에게 책을 헌정했다. 소심하고 내성적인 호손은 어떻게 했을까? 그 동네를 떴다. 하지만 가족과 함께 버크셔즈에서 보스턴 외곽으로 서둘러 이사를 가기 전에 멜빌에게 『모비 딕』을 칭찬하는 편지를 보냈다. 이 편지는 지금 남아 있지 않지만 멜빌의 답장으로 미루어보건대 진심이 담긴 편지였던 것 같다. 사실 몇 달 전에 호손은 다이킹크에게 이런 편지를 썼었다. "멜빌이 쓴 책 정말 대단하군! 이전 책보다 훨씬 큰 힘이 느껴져."

호손이 뭐라고 썼는지는 몰라도 호손의 "기쁨을 주고 환희를 불러일으키는 편지"야말로 멜빌이 갈구하던 것이었다.

"이 순간 제 마음속에 말할 수 없는 안도감이 퍼집니다." 멜빌이 답장을 썼다. "당신께서 그 책을 이해해주셨기 때문에요." 그렇지만 이 편지를 마무리짓기도 전에 벌써 "무한한 감정의 형제애"가 사그라들기 시작한다. "존경하는 호손, 회의의 분위기가 저에게 스며들어 이 글을 쓰는 지금 제 정신 상태를 의심하게 합니다. 하지만 믿어주세요, 저는 미치지 않았어요. (…) 진실은 늘 제멋대로고, 위대한 심장이 맞부딪히면 그 충격이 심하지요." 『모비 딕』은 완성되었고 이제 호손이 그를 떠나려 하지만, 두 사람이 지난 1년 동안 함께 나눈 것이 어떻게든 좀더 이어지려는 모양이었다. "제가 이 세상을 떠날 때에는 당신을 알게 되었기 때문에 만족하고 갈 수 있을 것 같습니다. 당신을 알게 되었다는 사실이, 성서보다도 더 강력하게 불멸성을 믿도록 저를 설득합니다."

비평가들은 (친구 다이킹크를 포함해) 『모비 딕』에 우호적이지 않았지만 멜빌은 계속 글을 썼고 『피에르』라는 작품을 내놓았다. 고통에 시달리는 작가와 가족에 대한 기이한 소설로 영적 폐소공포증을 숨막히게 그려내지만 그 이상의 의미는 크지 않은 소설이다. 그러고 같은 해 여름, 1852년 7월에 멜빌은 장인 쇼 판사와 함께 낸터킷섬으로 여행을 했다.

상상해보라. 『모비 딕』을 쓰고 1년 뒤에, 제대로 평가받지 못한 위대한 작품의 출발점이 된 섬을 드디어 방문한 것이다. 이곳에서 멜빌은 에식스호 선장이었던 조지 폴러드 본인을 만난다. "섬사람들은 그가 누군지도 몰랐다." 멜빌은 체이스 책 뒤쪽에 나중에 이렇게 적어넣었다. "나에게는, 오만함이라고는 전혀 없고 오히려 겸손하기만 하면서도 내가 여태껏 만난 사람 가운데 가장 깊은 인상을 준 사람이었다." 『모비 딕』을 창작할 때의 흥분감이 가라앉고 나자, 멜빌은 사악한 신과 같은 에이해브가 아니라 실망을 품고 살아가는 법을 익힌 조용하고 과묵한 생존자에게 감동한다. 자신의 불멸성을 더이상 믿지 않게 된 사람에게(곧 보겠지만 멜빌은 이제 그런 상태에 다다랐다) 삶은 꿈을 이루기 위한 것이 아니다. 꿈이 있음에도 불구하고 꾸역꾸역 살아갈 방법을 찾는 게 삶이다.

낸터킷을 비롯해 코드곶 아래 있는 섬들을 여행하는 동안 멜빌은 장인의 법률가 친구한테 어떤 이야기를 듣고 벼락같은 충격을 받는다. 애거사 해치라는 이름의 여자가 선원과 결혼하고 아이도 낳았으나 17년 동안 그 선원 없이 혼자 힘으로 살아가야 했다는 이야기였다. 그 법률가(매사추세츠주 최고 법무관이었다)는 멜빌에게 보낸 편지에 애거사의 이야기는 "부당함과 고통을 오랫동안 불평 없이 감내해야 했던 아내의 매우 충격적인 사례였으며, 그래서 내 눈에는 그 여자가 영웅으로 보였다"라고 썼다.

멜빌은 이 이야기가 소설로 쓸 만한 "실제 현실의 뼈대"라고 생각했다. 1852년에는 이미 떠들썩한 무용담의 본산이 아니라 고래를 잃은 고래잡이들의 섬이 되어버린 낸터킷을 배경으로 삼는다면 작품이 될 것 같았다. 게다가 조지 폴러드 비슷한 인물을 애거사의 아버지로 설정하는 거다. "바다 사나이지만 되풀이되는 재앙 때문에 일찍 바다를 떠날 수밖에 없었다. 그뒤로 그는 말수 적고 조용하고 현명한 사람이 되었다. 지금은 등대를 지키며 자신이 겪었던 위험을 사람들에게 등대 불빛으로 경고하며 산다." 그런데 멜빌은 처량맞은 행동을 한다. 자세한 얼개를 적어서 그 이야기를 너새니얼 호손에게 준 것이다. 그가 자기보다 더 잘 쓸 수 있을 거라고 하면서.

호손이 머뭇거리자 멜빌은 그것을 호손과 가족들이 정착한 매사추세츠 콩코드로 찾아갈 좋은 핑곗거리로 삼는다. 당연히 호손은 멜빌더러 그 소설은 직접 쓰라고 했다. 결국 멜빌은 그렇게 하기로 한다. 멜빌은 기대감에 차서 호손에게 편지를 보낸다. "제 작업에 축복을 내려주시길 바랍니다. 저에게 순풍을 불어주세요." 그렇지만 바람은 전혀 우호적이지 않았다. 이듬해 봄 멜빌은 애거사 이야기를 바탕으로 『십자가의 섬The Isle of the Cross』이라는 제목의 소설을 완성했지만,

출간을 '금지'당했다. 아마 출판업자가 실제 사건과 유사해서 소송에 휘말릴 위험이 있다고 우려한 탓인 듯하다. 그뒤로 멜빌은(원고는 파기한 것으로 보인다) 호손이 그의 최대 장점으로 인정한, "현실을 단호하게 묘사하는 힘"을 은폐하려고 애쓴다.

그 무렵 호손이 보든 칼리지에 다닐 때 룸메이트였던 프랭클린 피어스가 미국 대통령이 되었다. 피어스의 선거운동용 전기를 써준 덕에(한 익살꾼은 "호손이 쓴 최고의 허구 작품"이라고 불렀다) 호손은 영국 리버풀 영사라는 '꽃보직'에 임명되었다. 멜빌은 하지만 늘 그랬듯 운이 안 따라줬다. 집안 식구들과 (호손을 포함한) 친구들이 열심히 선전을 해주었지만 아무 자리도 얻지 못했다. 1856년에는 식구들이 멜빌의 몸과 마음의 건강 상태를 염려할 지경이 되었다. 멜빌은 홀로 유럽과 성지를 돌아보는 여행을 떠났다. 영국에 도착하자 곧 리버풀로 가서 호손을 만났다.

11월이었다. 두 친구는 맑고 바람 부는 날 바닷가로 산책을 나갔다. 모래 언덕 사이에 쉴 만한 곳을 찾아 앉아서 담배를 피웠다. "멜빌은 늘 그러듯 신의 섭리와 미래에 대해 논하기 시작했다." 호손이 일기에 적었다. "그뿐 아니라 인간의 이해 범위 밖에 있는 모든 것에 대해 논하며 자기는 '소멸될 결심을 거의 굳혔다'고 알렸다. 그렇지만 아직 그런 기대 속에서 안식하지는 않는 것 같았다. 확실한 믿음을 갖게 되기 전에는 쉬지 않을 것 같다. 그가 줄곧 고집스럽게(나와 알고 지낸 이래로 늘 그랬고 아마 한참 전부터 그러했을 것이다) 그 황무지 위를 헤매려고 하는 게 이상하다. 우리가 앉아 있는 모래언덕만큼이나 음울하고 단조로운 곳을. 멜빌은 믿을 수도 없고, 그렇다고 마음 편하게 믿지 않을 수도 없다. 너무 정직하고 용감해서 어느 한쪽이든 버릴 수가 없다. 그에게 종교가 있었다면 그는 최고로 신심 깊고 경건한 사람이 되었을 것이다. 그는 고결하고 고귀한 사람이다. 우리 중 누구보다도 불멸을 누릴 자격이 있다."

호손은 멜빌이 육지에 발붙이지 못할 운명이라고 생각한다. 멜빌에게는 항구도, 폭풍우를 피할 은신처도 없다. 1년 동안 호손과의 우정을 타히티섬으로 삼아 멜빌은 핍보다도 더 깊이 안으로 침잠했고 『모비 딕』과 함께 물 밖으로 나왔다. 그렇지만 『모비 딕』은 명성을 가져다주지 못하고 묻혀버렸다(적어도 멜빌 살아생전에는 그랬다). 에이해브처럼 불타는 영광과 함께 사라지는 대신, 멜빌은 폴러드 선장처럼 조용하고 소박하게 살아갔다.

그때는 아무도 몰랐지만 멜빌은 퀴퀘그의 관-구명부표 같은 문학을 만든 것이다. 심연 속으로 사라졌다가 적당한 때에 수면 위로 튕겨오르는 책. 『모비 딕』은 공간을 필요로 하는 책이었다. 이 책의 주제와 이미지가 책의 영감이 된 혼란과 열정에 제약을 받지 않고 공명할 수 있는 거리가 필요했다. 『모비 딕』은 역사적 순간에서 벗어나자 오늘날 그런 것처럼 시공을 초월한 의미의 원천이 될 수 있었다.

그렇지만 이런 일들은 먼 미래의 일이었다. 1863년, 남북전쟁 도중에 멜빌과 아내 리지, 네 자녀는 버크셔즈에서 다시 뉴욕시로 이사했다. 이곳에서 멜빌은 거의 20년 동안 세관 검사원으로 일했다. 멜빌과 리지는 행복하지 않은 결혼생활을 오래 하다가 어느덧 타협점에 도달한 듯했다. 1880년대에는 유산을 물려받았다. 일할 필요가 없어지자 멜빌은 뉴욕시 26번가에 있는 책으로 둘러싸인 어두운 방에 틀어박혔다. 이따금 손녀들이 찾아올 때 쉬는 것 말고는 읽고 쓰는 평생의 습관을 이어나갔다. 그리하여 두번째 걸작 『빌리 버드』를 완성하고, 1891년 일흔둘로 세상을 떴다.

멜빌이 죽고 나서 식구들은 『모비 딕』을 쓰고 난 뒤 40년 동안의 여파를 멜빌이 어떻게 감당해왔는지, 그리고 애초에 어떻게 해서 그 소설을 쓰게 되었는지를 짐작하게 해줄 만한 단서를 찾아냈다. 종이가 산더미처럼 쌓인 탁자 위에 휴대용 집필대가 있었다. 집필대 안쪽에 "젊은 날의 꿈을 저버리지 마라"라는 모토가 인쇄된 종이 한 장이 붙어 있었다.

독일 시인이자 극작가 프리드리히 실러의 작품에 나오는

구절이다. 그런데 이 말이 멜빌에게 어떤 의미가 있었던 걸까? 말년에 멜빌은 매부에게 보낸 편지에 이렇게 썼다. "이 나이에는, 나 같은 기질, 아니 체질을 가진 사람은 더없이 좋은 기분 말고는 아무것에도 신경을 쓰지 않게 되네. 인생은 아주 짧고, (어떤 관점에서는) 너무나 터무니없고 부조리해서 어떻게 해야 할지 알 수가 없어. 그러지 않으려면—글쎄, 이 문장은 자네가 마무리해보게." 내 생각에 멜빌이라면 이 문장을 집필대 안쪽에 붙여놓은 말로 맺었을 것 같다.

결국 멜빌은 『모비 딕』에서 이슈메일이 지지한 입장으로 돌아가는 길을 찾은 것이다. "세속의 모든 것에 대한 회의와 천상의 것에 대한 직관, 이 조합으로 신자가 되지도 불신자가 되지도 않고 양자를 똑같은 눈으로 바라보게 된다." 회의와 희망을 뒤섞는 데서 오는 구원, 짧고 터무니없고 부조리한 삶 앞의 온화한 극기심, 이것이 내가 『모비 딕』을 읽는 이유다.

감사의 말과 읽을거리

이 책을 쓰게 만들고 이 책의 제목이 된 질문을 처음 던진 바이킹 출판사의 케빈 도튼에게 감사한다. 웬디 울프와 스튜어트 크리체브스키의 도움에도 감사한다. 피터 고, 수전 비겔, 메리 K. 버코 에드워즈, 스튜어트 프랭크, 마이클 힐, 리처드 던컨, 토머스와 매리앤 필브릭, 멜리사 필브릭 등 원고를 읽고 의견을 말해준 친구들과 가족들에게 고맙다고 말하고 싶다. 멋진 디자인을 해준 프랜체스카 벨랭어, 표지를 만들어준 짐 티어니, 브루스 기퍼즈와 매기 릭스의 도움도 감사하다.

아래는 내가 이 책을 쓰면서 참고한 글들이다. 특히 앤드루 델반코의 전기가 멜빌이 작품을 썼던 역사적 정치적 시대를 들여다보는 데 큰 도움이 되었다. 멜빌과 관련된 상연물 두 편에도 큰 영향을 받았다. 2010년 4월 말 텍사스주 댈

러스에서 본 제이크 헤기와 진 시어의 탁월한 오페라 〈모비딕〉과 한 주 반쯤 뒤에 PBS 〈아메리칸 익스피어런스〉에서 본 릭 번스의 〈인투 더 딥Into the Deep〉이라는 훌륭한 다큐멘터리 영화다.

Delbanco, Andrew. *Melville: His World and Work*. New York: Knopf, 2005.

Heflin, Wilson. *Herman Melville's Whaling Years*. Edited by Mary K. Bercaw Edwards and Thomas Farel Heffernan. Nashville: Vanderbilt University Press, 2004.

Hoare, Philip. *The Whale: In Search of the Giants of the Sea*. New York: Ecco, 2010.

Lawrence, D. H. *Studies in Classic American Literature*. 1923; New York: Viking, 1964.

Leyda, Jay. *The Melville Log: A Documentary Life of Herman Melville, 1819–1891*. 2 vols. New York: Harcourt, Brace, 1951.

Melville, Herman. *Correspondence*. Edited by Lynn Horth. Evanston and Chicago: Northwestern University Press and the Newberry Library, 1993.

———. "Hawthorne and His Mosses." In *The Piazza Tales and Other Prose Pieces, 1839–1860*. Edited by Harrison Hayford, Alma A. MacDougall, G. Thomas Tanselle, et al. Evanston and Chicago: Northwestern University Press and the New-berry Library, 1987.

———. *Moby-Dick; or, The Whale*. 1851; New York: Penguin Books, 2001.

Metcalf, Eleanor Melville. *Herman Melville: Cycle and Epicycle*. Cambridge, Mass.: Harvard University Press, 1953.

Olson, Charles. *Call Me Ishmael*. 1947; Baltimore: Johns Hopkins University Press, 1997.

Parker, Hershel. *Herman Melville: A Biography*. 2 vols. Baltimore: Johns Hopkins University Press, 1996 and 2002.

Philbrick, Nathaniel. "At Sea in the Tide Pool: The Whaling Town and America in Steinbeck's *The Winter of Our Discontent and Travels with Charley*." In *Steinbeck and the Environment*. Edited by Susan F. Beegel, Susan Shillinglaw, and

Wesley N. Tiffney Jr. Tuscaloosa: University of Alabama Press, 1997.

———. "'Every Wave Is a Fortune': Nantucket Island and the Making of an American Icon." *New England Quarterly*, September 1993.

———. Foreword to *Moby-Dick; or, The Whale*, by Herman Melville. New York: Penguin Books, 2001.

———. "Hawthorne, Maria Mitchell, and Melville's 'After the Pleasure Party.'" *ESQ: A Journal of the American Renaissance* 37, no. 4 (1991).

———. *In the Heart of the Sea: The Tragedy of the Whaleship Essex*. New York: Viking, 2000.

———. "A Window on the Prey: The Hunter Sees a Human Face in Hemingway's 'After the Storm' and Melville's 'The Grand Armada.'" *Hemingway Review* (Fall 1994).

옮긴이의 말

솔직히 말하면 영문학을 전공한 나도 이 책을 번역하기로 하고 나서야 『모비 딕』을 처음 읽었다. 어릴 적에 〈주말의 명화〉에서 그레고리 펙이 마치 링컨 같은 외모의 에이해브 선장으로 나온 영화를 보고 어린이용 축약본을 읽어서 내용만 대충 알았다. 집에 700쪽이 넘는 노턴 비평판 『모비 딕』이 있었지만 존재만으로 위압감을 줬기 때문에 펼쳐보지도 않았다.

그러다가 이 기회에 김석희 번역가가 우리말로 옮긴 『모비 딕』을 읽게 되었는데 상당한 충격이었다. 책의 크기만 장대한 것이 아니었다. 거기 나오는 고래도 터무니없이 크다지만, 책 속에는 에이해브 선장이 지휘하는 피쿼드호가 고래를 쫓아 헤매는 바다가 공간과 시간을 아우르는 우주적인 규모로 들어 있었다. 『모비 딕』이라는 벽돌처럼 생긴 책은 물리적인 의미에서도 그렇지만 내용으로도 쓰인 지 150년이 지난 오늘날에도 강력한 펀치를 날릴 수 있었다. 물을 무서워하는 나는 핍이 바다 위에 떠 있는 장면을 떠올리기만 해도 식은 땀이 나고 아찔한 공포를 느낀다. 인간의 머리로 이런 세계를 상상하고 창조해 글로 조각할 수 있다는 것이 신기할 지경이다.

하지만 위대하고 방대한 책일수록 가까이하기 어려운 게 사실이다. 너새니얼 필브릭이 쓴 이 책은 젠체하지 않고 친구에게 소개하듯이 도저히 붙잡을 수 없는 고래 같은 책을 우리가 잠시나마 잡아볼 수 있도록 닻 역할을 해준다. 저자가 밑줄 쳐놓은 구절들을 다시 읽으며 엄청난 파도에 휩쓸리지 않고 『모비 딕』을 음미하고 경탄할 수 있어 다행이다. 덕분에 충격적인 이미지와 시적인 언어를 완상하고 한눈에 가늠하기 힘든 작품의 구조를 머릿속에 그려볼 수 있다.

그뿐만 아니라 저자는 멜빌이 『모비 딕』을 쓸 당시 미국의 상황, 위대한 작품을 쓰려는 멜빌과 그를 말없이 지켜본 작가 호손의 일화, 그리고 출간 당시에는 처참하게 실패했던 『모비 딕』이 훗날 비로소 빛을 보게 된 과정 등을 엮어 넣으며, 『모비 딕』에 켜켜이 쌓인 깊고 다양한 의미를 읽어낸다. 덕분에 우리는 어떻게 『모비 딕』이 시대를 뛰어넘는 식견과 우주적 규모로 확장되는 정신을 담아낸 책이 되었는지도 알 수 있다.

너새니얼 필브릭은 『모비 딕』을 최소 여남은 번을 읽었다고 한다. 어떤 책을 사랑한다는 것은 그런 거라고 나는 생각한다. 『모비 딕』은 그렇게 사랑할 가치가 있는 책이고, 우리는 이 책에 바치는 저자의 열렬한 연서를 통해 그 가치를 다시 되새긴다.

2017년 여름

홍한별

사악한 책, 모비딕

초판 1쇄 인쇄 2020년 11월 10일
초판 1쇄 발행 2020년 11월 20일

지은이 너새니얼 필브릭 **옮긴이** 홍한별
펴낸이 신정민

편집 신정민 이희연 **디자인** 윤종윤 이주영 **저작권** 한문숙 김지영 이영은
마케팅 정민호 김경환 **홍보** 김희숙 김상만 지문희 김현지
제작 강신은 김동욱 임현식 **모니터링** 정소리 **제작처** 상지사

펴낸곳 (주)교유당
출판등록 2019년 5월 24일 제406-2019-000052호

주소 10881 경기도 파주시 회동길 210
문의전화 031) 955-8891(마케팅) 031) 955-3583(편집)
팩스 031) 955-8855
전자우편 gyoyudang@munhak.com

ISBN 979-11-90277-91-4 03840

* 이 도서의 국립중앙도서관 출판예정도서목록(CIP)은 서지정보유통지원시스템 홈페이지(http://seoji.nl.go.kr)와 국가자료종합목록 구축시스템(http://kolis-net.nl.go.kr)에서 이용하실 수 있습니다. (CIP제어번호: CIP2020047326)